CORSO

ADRIAAN VAN DIS

UNTER DEN DÄCHERN AUS ZINK

PARIS, EIN ABÉCÉDAIRE

Aus dem Niederländischen von Marlene Müller-Haas

CORSO

A & Z
AMOUREUX SOUS LE ZINC
AUSSICHT AUF ZINKDÄCHER

Verliebt in Paris. Verliebt in eine Stadt, deren Grundriss ich auswendig zu kennen glaube, die aber immer etwas anderes mit mir vorhat, sodass ich dort lande, wo ich nicht hinwollte, und finde, was ich nicht suchte.

Paris gibt es nur in der Mehrzahl. Und ich weiß immer noch nicht, welches Paris ich liebe: Die prahlerische Stadt, die sich mächtig in die Brust wirft, oder die dörfliche Stadt, *les villages de Paris*. Die chauvinistische Stadt, deren Bewohner nicht weiter schauen als bis zum Autobahnring, oder die Schmelztiegel-Stadt, in der Hundert Sprachen leben und mindestens so viele Religionen. Die Zinkdächer oder den schwarzen Schiefer, die grünspanigen Kuppeln, die vergoldeten Ränder und goldenen Spitzen der

Staketenzäune. Die Rinnsteine, die wie Bäche rauschen, oder die Seine. Ich bewundere das künstlerische und literarische Gedächtnis von Paris: Die Vergangenheit lehrt mich Tag für Tag etwas Neues. Und die Gegenwart: Die Probleme einer Weltstadt halten mich beweglich. In Amsterdam schlafe ich ein, verdorfe. In Paris hingegen wache ich auf. Das Leben wird intensiver, das Glück, das Unglück ... und der Tod: Innerhalb eines halben Jahres habe ich viermal eine Leiche, oder etwas, das so aussah, auf dem Trottoir liegen sehen. Clochards. Kein Passant, der sich gewundert hätte. Paris kann hart sein. Aber auch inspirierend. Wo Armut und Reichtum sich reiben, bräuchte ich eigentlich mehr als ein Paar Augen.

Womöglich liebe ich Paris, weil ich nie dazugehören werde, wie sehr ich mich auch anzupassen versuche. Ich bin nicht gekommen, um aufgenommen zu werden (obwohl ich so tue als ob), nein, im Gegenteil, ich suche die Isolation: ein Einzelgänger inmitten von Fremden. Ein erträglicher Zustand, weil es mich niemals langweilt, Menschen zu beobachten. (Im Geiste wandere ich mit ihnen herum und schleiche mich in ihre Gedanken – es ist ein ebenso flüchtiger wie unablässiger Kontakt.) Auch die Schönheit von Paris ist nicht gastfreundlich. Die großen Plätze, die breiten Boulevards und die gewaltigen Gebäude schubsen mich beiseite. Selbst wenn ich mich in ihre Geschichte vertiefe, ich bin nicht mit ihnen aufgewachsen – ihr Glanz bleibt mir fremd, schließt mich aus.

Und doch drängt sich einem die Schönheit immer wieder auf. Wenn ich in der kleinen Passage Véro-Dodat Schutz vor dem Regen suche und den neoklassischen Bau bewundere, die mit prachtvollen Gemälden und antiken Möbeln (mit denen ich natürlich mein nicht vorhandenes Appartement einrichten möchte) bestückten Schaufenster, und anschließend die Tuilerien aufsuche, um in einem finsteren Figurenlabyrinth mit ihnen umherzustreifen, dann überfällt mich Paris: Welch ein Glück, hier flanieren zu dürfen … allein im Regen, der *alles* grau malt und noch schöner macht … Bis mein Glück so heftig wird, dass es in Schmerz umschlägt. Warum kann ich mich nicht mein Leben lang mit so viel Schönheit umgeben? Warum lasse ich mir von bürgerlichen Skrupeln Schranken auferlegen? Entscheide dich für diese Welt! Doch jedes Mal überschatten praktische Bedenken meine Träume und die schöne, reiche Stadt sagt: Vergiss nicht, wo du hingehörst.

Seit fast vierzig Jahren rede ich davon, dass ich in Paris leben möchte. Wie oft habe ich nicht vor den Aushängen der Makler gestanden (es muss Tausende geben, nach unbewiesenen Zählungen allein dreihundert im sechsten Arrondissement) … *chambre de service, chambre de bonne, studio de charme.* Nach etwas Größerem wagte ich nicht einmal zu schauen. Ich bin mit unzähligen Maklern Treppen hinaufgestiegen; außer Atem habe ich die mickrigsten Mansarden besichtigt, getrieben von einem bangen Wollen. In all den Jahren habe ich viermal ein Studio gemietet, immer halbherzig. Sobald mein Verlangen nach Schönheit und Einsamkeit befriedigt war, kehrte ich nach Amsterdam zurück. Bis mir Paris wieder im Kopf herumspukte. Früher tat ich es als Jugendtraum ab, aber der Traum und der Lockruf wurden mit den Jahren immer mächtiger. Paris, Paris … Nicht als Zufluchts-, sondern als Schreibort. Schreiben in einer Weltstadt. In einer Stadt, in der ich frei atmen kann und unsichtbar bin, und wo einem wenig anderes übrig bleibt, als hart zu arbeiten – fern von aller Schaumschlägerei.

Unerwartet habe ich wieder einmal dem Lockruf Gehör geschenkt. An einem trägen Frühlingstag, als ich nichts suchte. Bevor ich mich versah, eilte ich eine Treppe hinauf und unterschrieb Papiere: Manchmal verleiht einem die Angst Flügel. Und seitdem bewohne ich für mindestens ein Jahr ein sonniges Studio im Sechsten – einunddreißig Quadratmeter, im fünften Stock unter einem Zinkdach. Diesmal ist es ernst: Mein Name steht auf dem Briefkasten, Gas und Strom sind auf mich angemeldet, ich habe ein Fahrrad, einen Friseur, einen Arzt und zweimal im Monat eine Zugehfrau, die auch bügelt. Ich bin Mitglied im Fitnessclub und lese täglich eine halbe Stunde *Le Monde,* mit dem Taschenwörterbuch in Griffweite. Meine Einkäufe erledige ich bei Le Marché d'Annie, bei meiner Nachbarin von gegenüber. Annie ist mir Stütze und Stab. Ihr Schaufenster ist mit Dutzenden Kassenzetteln zugekleistert – offene Rechnungen der Nachbarn. Trotzdem sieht sie alles, mit ihren Ohren. Auf Annie kann sich jeder verlassen, sie ist die Bürgermeisterin der Straße. Sie bestand darauf, dass ich ebenfalls bei ihr anschreiben lasse, einmal im Monat bezahlen findet sie praktischer. Es ist ihre Art der Kundenbindung. Nach langem Drängen habe ich klein beigegeben. »Jetzt gehören Sie zum Quartier«, sagte sie. Am nächsten Tag wurde ich anderen auf Pump kaufenden Nachbarn vorgestellt. Und seither halte ich Schwätzchen im Aufgang, bin bei Weinfesten in der Brasserie willkommen, winke dem Friseur zu und bekomme ein Lächeln der Verkäuferin vom Palais des Thés geschenkt. In den Niederlanden würde ich schleunigst das Weite suchen, hier lechze ich danach. Selbst der Clochard, der sich meinen Hauseingang als Stammplatz ausgesucht hat, grüßt mich – allerdings hat mich das ein hübsches Sümmchen gekostet. Ich rede mir ein, schon ein bisschen dazuzugehören zu meiner Straße. Und wer weiß, langfristig sogar zur Stadt.

Mein Schreibtisch steht am Fenster, und ich schaue auf lauter Zinkdächer. Buchstabe für Buchstabe werde ich meine Aussicht erkunden und erobern. Ich werde die Stadt lesen, werde hinabsteigen in meine Erinnerungen und in die Straßen gehen. So bürgere ich mich ein: mit meinem eigenen, vorläufigen Alphabet von Paris.

PS: Der Clochard hat mir die Hand gegeben. (Ich habe beim Kaffee immer wieder daran gerochen.) Er heißt Monsieur Dubois.

B

BODY-COMBAT & BANLIEUE & VILLE VANILLE

BANG VOR DER BANLIEUE

Beim Body-Combat in meinem Fitnessclub lernen wir Scheingefechte: boxen, Tritte austeilen, tänzeln, sich drehen, bücken, hochschnellen und dann … *le kick, l'uppercut,* der Aufwärtshaken. In mörderischem Tempo schalten wir imaginäre Angreifer aus. Zu aufreizender Musik. Das Einzige, was spritzt, ist der Schweiß. Ich kämpfe vor allem gegen meine Pfunde, doch zu meiner Verwunderung praktiziert eine ziemlich große Zahl meiner Mitstreiter – von jung bis alt und allesamt weiß – das Scheinfechten offenbar als eine Form der Selbstverteidigung. Um sich sicherer zu fühlen, drohend eine Faust ballen zu können.

»Aber Paris ist doch eine sichere Stadt?«

»Nicht spätnachts in der Métro, oder wenn du eine Autopanne hast«, sagt eine Frau, die mir kaum bis zur Achsel reicht.

Sie meint die Métro in die Vororte. Eine Panne in den tristen Außenbezirken. *La banlieue* … ein Wort, das die Zungen löst. Keiner der Body-Combat-Teilnehmer wohnt dort, aber alle fürchten sich davor.

Paris ist eine vanilleweiße Stadt, *une ville vanille* … auf den ersten Blick, vor allem innerhalb des sicheren Rings um den historischen Stadtkern und die angesagten Arrondissements, mit der Ausnahme, dass selbst in den schicksten Quartiers die meisten Ladeninhaber Nordafrikaner sind, denn wer außer ihnen ist bereit, zwölf Stunden am Tag für einen Hungerlohn zu arbeiten? Und selbstverständlich fegen die Schwarzen die Straßen – je niedriger die Arbeit, desto dunkler die Haut – und die Vorschulkinder im Sechsten werden von schwarzen *bonnes* ausgeführt, aber sie gehen zwischen all den weißen Gesichtern völlig unter. In »meiner« Straße habe ich noch nie einen braunen Jungen im Trainingsanzug gesehen; wenn jemand Sportkleidung trägt, ist er auf dem Weg zum Sport. Es gibt schon Farbflecken auch innerhalb des Périphérique, des Autobahnrings, aber die meisten *nouveaux Parisiens* (auch hier dieser vernebelnde Begriff) leben in den Außenbezirken.

Ich bin mehr als einmal dort gewesen, in *les banlieues chocolat au lait*. Mit dem RER, der Bahn, die unter der Métro verläuft, im Gestank der Abwasserkanäle. In der Stoßzeit sieht man kaum ein weißes Gesicht, wohl aber viele Kopftücher. Ich habe mir diese auf Zeichentischen erdachten Arbeiterparadiese nordöstlich der Ringstraße, des Boulevard Périphérique erwandert. Saint-Denis, Sarcelles. La Courneuve, Noisy-le-Sec. Nicht aus reiner Neugier, auch aus Eigennutz: Ich will wissen, wie die Leute dort wohnen, und ich will keine Angst vor ihnen haben. Außerdem werde ich sie später brauchen, wenn ich alt und unselbstständig geworden bin. Denn die Kinder dieser Newcomer werden das vergreisende Europa auf den Beinen halten müssen. Ich stieg an Bahnhöfen aus, wo die Treppen nicht auf eine Straße, sondern in ein Parkhaus führten. Dunkle Löcher, in denen es nach Vergewaltigung riecht. Verlottert, verschmutzt, vollgeschmiert mit Graffiti. Ich sah Mädchen ängstlich ihre Zigarette ausdrücken und ihr Kopftuch festzurren, bevor sie ihr Viertel betraten. Ich hörte, wie sich ihre Sprache änderte: von Französisch zu Arabisch. Ich lief durch verdreckte, graue Straßen, vorbei an Sportplätzen aus Beton und an Hochhäusern aus Beton, mit winzig kleinen Fenstern, vor denen Kleider und Jacken zum Lüften hingen, weil es beim Bau nicht für einen Balkon gereicht hat. Ich starrte und wurde angestarrt, angezischt und weggescheucht. In La Courneuve, wo kein Polizist es wagt, Streife zu gehen, begann ich meine Runde in einem Supermarkt, direkt neben der RER-Station, wo ich mir auf Anraten eines Journalisten eine einschlägige Plastiktüte besorgte, um draußen den Eindruck zu erwecken, ich würde hier wohnen … aber die Straßenkinder durchschauten mich. Ich trug keine Trainingshose oder Lederjacke wie sie, keine Scheitelkappe, kein schäbiges Jackett wie ihre Väter, hinter mir schlurfte keine Ehefrau oder Mutter … ich war zu anders, zu reich, zu weiß. Ich wich ihren Blicken aus. Aus Angst (obwohl ich mir einzureden versuchte, mein Gewicht wäre meine Waffe, unter mir würde jedem Bösewicht die Luft ausgehen), aber vor allem, um die Wut auf meinem Gesicht zu verbergen. Denn ich war wütend. Welch eine Missachtung,

Menschen so wohnen zu lassen. In Vierteln, die bereits zehn Jahre nach der Fertigstellung verfallen. Wo nur eine Form vorherrscht: der rechte Winkel. Nur eine Art Wohnung: der Karnickelstall. In einer solchen Umgebung soll ein Kind Zärtlichkeit und Phantasie entwickeln? Und dann wundern sich die Politiker, dass Banden hier ihre eigenen Gesetze machen, dass es Gruppenvergewaltigungen gibt, dass Jugendliche allen Anstandsregeln des kultivierten Frankreich den Stinkefinger zeigen, dass sie zu Drogen greifen oder in einen Glauben flüchten, in dem sie offenbar mehr Selbstwertgefühl und eine bessere Aufnahme finden als in einer Stadt, die sie als Menschen zweiter Klasse in solche Häuser abschiebt.

Ich darf Paris nicht die alleinige Schuld geben, in anderen Ländern ist es nicht viel besser (obwohl der Amsterdamer Stadtteil Bijlmermeer verglichen mit La Courneuve eine Oase ist). Je größer die Stadt, desto größer die Konflikte und das Elend. Aber auch die Kreativität. Aus den Vorstädten gehen starke Künstler hervor. (So gesehen ist es wirkungsvoller, zu polarisieren als zu harmonisieren.) Ihre Rapsongs und ihre Filme bringen die Bürger zum Zittern. Auch mich. Europa begreift es erst jetzt: Es rief Arbeitskräfte herbei, und es kamen Menschen. Mit Träumen und Sehnsüchten, eigenwillig und fordernd, wie alle Menschen. Wir merken es, an ihren Kindern. Und das Wasser drückt gegen den Deich. In den Vororten fühlt man die Anspannung. Die Langeweile. Den Hass. Wenn irgendwo in Europa eine Revolution ausbricht, dann wird es wieder in Paris sein.

C & D
CANICULE ET MONSIEUR DUBOIS
CLOCHARDS WIE MONSIEUR DUBOIS

Paris im August: der Monat, in dem man mitten auf der Straße Rad fahren kann, nicht um einen Sitzplatz im Park kämpfen muss, ohne Gedränge die schönsten Kunstsammlungen besichtigen kann. Der Monat, in dem Kinos alte Filme vor leeren Stuhlreihen zeigen, das Personal in Bibliotheken und Buchhandlungen mit einem Mal Zeit für einen hat, die halbe Stadt in Urlaub fährt und auch die Touristen ausbleiben. Die beste Zeit, Paris in Besitz zu nehmen. Mein Lieblingsmonat, seit Jahren. Aber nicht der August 2003.

Das Viertel bricht in die Ferien auf. Ich sehe, wie Laden für Laden aufgeräumt und dann abgeschlossen wird, selbst der Zeitungskiosk kapituliert. Nur Annie hat noch geöffnet, sie fährt erst los, wenn ihre Obst- und Gemüsekisten leer sind. Die kleinen Restaurants bauen ihre Tische auf den »Terrassen« ab. In meinem Haus sind alle verreist, die Briefkästen im Eingang werden nicht mehr geleert.

In den Straßen herrscht Totenstille. Neununddreißig Grad. Zu heiß, um sich zu bewegen. Ich habe mir einen Ventilator gekauft und sitze im Sarong am Schreibtisch. Bis auf Annie und am Telefon spreche ich keinen Menschen. In den Nächten gibt es kaum Abkühlung. »40 Grad« titelt *Le Parisien* dezimetergroß auf der ersten Seite. Eine giftgelbe Glocke hängt über der Stadt. Autos und Busse dürfen nicht schneller als dreißig fahren, Straßenfeger schieben nur noch Tropenschichten. Die Zeitungen bringen Reportagen über Menschen mit »heißen« Berufen: Pizzabäcker, Eisengießer, Köche; die Interviewten lassen sich stolz mit Schürze und Mütze fotografieren. Paris trägt keine kurzen Hosen.

Die Hitze bekommt einen Geruch. Annie wird ihr Obst und Gemüse nicht mehr los, die Ware welkt in den Kisten. Um sie davon zu erlösen, kaufe ich die letzten Kilo Äpfel und Matschtomaten. »Jetzt hüten Sie das Quartier«, sagt sie, in ein paar Stunden wird sie in die Bretagne aufbrechen. Aber der Gestank bleibt. Ob er wohl von Monsieur Dubois kommt? Der schiebt sein ganzes Hab und Gut in einem mit Plastiktüten behängten Einkaufswagen vor sich her. Ob seine Ungewaschenheit bei dem Wetter bis in den Fünften hinaufdringt? Ich höre ihn unter meinem Fenster stöbern. Wer sorgt jetzt für ihn? Normalerweise nährt und kleidet ihn die Straße, in den vergangenen Monaten habe ich ihn mehr als einmal in einem sauberen weißen Hemd die Hand aufhalten sehen. Soll ich ein Schwätzchen mit ihm halten oder hat der Alkohol seine grauen Zellen schon so sehr angegriffen, dass er mein Gesicht kaum noch erkennen kann? Monsieur Dubois führt am liebsten Selbstgespräche. Aber die Bedeutung eines sauberen T-Shirts wird er doch begreifen?

Ich suche ein Hemd für ihn heraus. Als ich es ihm vorhalte, verschlägt mir seine Ausdünstung den Atem. Tiefe Fäulnis rieche ich. Fast vergessen: der Geruch gärender Küchenabfälle, die der Schweinebauer abholt. Leidet Monsieur unter der Hitze? Keine Antwort. Das Hemd verschwindet in einer Tüte, und Monsieur Dubois hält die Hand auf: eine Schale aus verhorntem Fleisch, speckig glänzend. Seine Haut ist mit seinem Nachnamen verwachsen – Dubois, aus dem Wald –, der Schmutz ist mit den Jahren zu einer braunen Rinde geworden, unter der seine Knochen wie Astknorren hervorstechen. Er hinterlässt eine Tropfspur, das Harz eines Mannes, der sich nie wäscht. Der Bürgersteig klebt von seinen Schritten. Annie meint, er hätte Wundbrand. Zuerst dachte ich, es wären die Plastiktüten. Aber schon als ich den Geruch einatme, sehe ich, dass sein linker Schuh feucht ist. Er zieht ein Bein nach, hinterlässt einen schwarzen Streifen auf dem Asphalt.

Das Thermometer neben der Drogerie zeigt zweiundvierzig Grad. Fersen drücken Mulden in den Asphalt, Straße und Steine speichern die Hitze. In Le Bon Marché sprechen sich Unbekannte auf die Hitze an; im Schwimmbad ist es voller denn je, zu voll zum Bahnenschwimmen. Ich komme schon seit Monaten, aber jetzt werde ich zum ersten Mal gegrüßt und darf mich an der Verwunderung beteiligen. Einige Daheimgebliebene aus meiner Straße halten mich an. Wir teilen die Sorge um Monsieur Dubois. Tauschen die letzten Neuigkeiten aus: Der Parc Montsouris wurde teilweise gesperrt, Äste brechen ganz von selbst von den Bäumen, die Pinguine im Zoo bekommen Eiswürfel aus Fischbrühe; Schweine werden mit Sonnenöl eingerieben (mit übermenschlichem Schutzfaktor) und der Premier fordert Nachbarn und Verwandte auf, alleinstehende Alte zu besuchen! Die Hitze verbrüdert. Obwohl ... in der ersten heißen Woche sind in Frankreich fünftausend alte Leute gestorben – an Austrocknung in ihren einsamen Dachkammern oder durch Vernachlässigung in Pflegeheimen –, viel mehr als sonst in der Jahreszeit. Sargfabriken fahren Überstunden. Frankreich ruft seine Totengräber aus dem Urlaub zurück.

Eines Morgens klopft es laut an meine Tür: eine Beamtin der Pariser Stadtverwaltung; ganz außer Atem weist sie sich aus. Ob Madame Masson zu Hause sei? Masson? *Connais pas.* Ich weiß nur, dass vor mir eine Verkäuferin von Le Bon Marché auf diesem Dachboden gewohnt hat. Mehr als fünfzig Jahre lang auf einunddreißig Quadratmetern. Mit sechsundneunzig noch alle Treppen hoch! »Diese Frau ist mein Vorbild«, sage ich mit eingezogenem Bauch. Ich fühle abschätzige Blicke über meinen Sarong gleiten. Die Beamtin blättert in ihren Papieren ... sechsundneunzig ... das Alter kann hinkommen. »Und ist Madame jetzt bei Ihnen?«, fragt sie erwartungsvoll. Nein, sie ist seit zwei Jahren tot. Vor meinen Augen wird ihr Name durchgestrichen. Paris zählt seine Alten per Strichliste.

Auch der Wind hat Paris verlassen. Die Luft ist schwer wie Blei. Mein Ventilator bewegt nur noch Hitze. Dennoch lässt es sich ziemlich gut aushalten unter dem Zink, solange ich mich nicht aufrege und ausreichend trinke, obwohl mir beim Lesen immer wieder die Augen zufallen. Vor Benommenheit schlafe ich in der Nacht bis zu zwölf Stunden. Ich kaufe ein Thermometer: Es zeigt fünfundvierzig Grad Raumtemperatur. Der Stuck glüht. Dann ab ins Kino, der Film ist weniger wichtig, es geht um die Klimaanlage. Ich sehe alle Billy-Wilder-Filme, und im Saal sitzen jedes Mal sicher vier oder fünf Clochards. Sie kommen zum Schlafen her, ins Kühle.

Beim Zählen der Alten, die der Hitze erlegen sind, stellt sich heraus, dass viele nicht von Verwandten gesucht werden; allein in Paris warten Mitte August dreihundert auf ihre Beerdigung. Und weil die Chefs der zuständigen städtischen Ämter in Urlaub sind, schieben sich alle gegenseitig die Schuld zu. Es gab Warnungen, aber die Warnungen wurden nicht weitergegeben; es wurde mit Zahlen jongliert, und Ministerien haben nebeneinanderher gearbeitet. Die Zeitungen trotten den Fakten hinterher, denn auch die Redaktionen liegen am Strand. In den Ferienorten macht *France Info* nach dem Mittagswein Radiointerviews mit Ministern, die mit schwerer Zunge ihr Mitgefühl bekunden. Den Ernst der Lage wird man erst voll begreifen, wenn alle wieder da sind. Doch der Mann auf der Straße weiß längst, was Sache ist: Paris liegen seine Leichen schwer im Magen, es ist mit seinen Leichen überfordert. »Das Heer schafft aufblasbare Kühlzelte herbei.« »Parkhäuser wurden requiriert, und trotzdem … auch bei vier oder sechs Grad hält sich kein Toter.« »Viele Leichen sind in einem derart bedauerlichen Zustand, dass den aus den Ferien zurückgekehrten Verwandten geraten wird, am geschlossenen Sarg Abschied zu nehmen.« »Die Kirchen sind dem Ansturm nicht mehr gewachsen. Man setzt ausländische Priester ein. Polen, Afrikaner … na, was sagen Sie dazu!« »Von Präsident Chirac hört man nichts, weil er sich in Kanada faceliften lässt; er muss im Kühlen bleiben, sonst rutscht ihm sein gestrafftes Gesicht in der Hitze wieder aus den Fugen.« Aber es gibt auch Leute, die Geld wittern: Privatdetektive melden sich bei der Gemeinde, um Verwandte ausfindig zu machen, und Bestattungsunternehmen bekommen Anrufe von Leuten, die noch eine Gruft anzubieten haben. »Wie einsam sind unsere Alten?«, fragt *Le Parisien:* »Wie einsam sind wir?«

Paris schämt sich.

Und Monsieur Dubois? Ein Wohltäter hat ihn in eine Art Tropenanzug gesteckt – vom Scheitel bis zur Sohle in Khaki. Er sah geschniegelt und gebügelt aus … für einen Tag. Am nächsten Morgen klebte wieder der Urin zwischen seinen Beinen. Doch wer auch immer in Paris an der Hitze in Einsamkeit sterben sollte, er nicht. Die Daheimgebliebenen tragen Wasser für ihn herbei, das er nicht trinkt, sondern über sich ausgießt. Eines Abends sehe ich aus meinem Fenster, wie sich eine ältere Dame über ihn beugt und ihn mit einem Fläschchen besprenkelt. Sehr elegant. Monsieur Dubois döst an die Wand gelehnt vor sich hin, aber ich höre ihn vor Wonne brummen, sein Gesicht wendet sich dem Fläschchen zu, gierig wie ein Hund einem Knochen. Mein Geruchsorgan ist inzwischen gut entwickelt, aber das Besprenkeln von Monsieur Dubois dringt nicht bis zu mir herauf. Neugierig schleiche ich die Treppe hinab, und unten rieche ich es: Chanel, mit Urinnote.

Am Tag danach höre ich von einer anderen älteren Dame (im August gibt es kaum noch junge Zuhausegebliebene), dass Armand (so heißt »unser« Clochard) seit mehr als vierzig Jahren zur Straße gehört. Vierzig Jahre lang zwischen denselben Mauern.

Vierzig Jahre lang zwischen Autos herumlümmeln. Vierzig Jahre lang in Abfalleimern wühlen. Und ewig betrunken.

Meine Schaumgummimatratze, ein in der Miete inbegriffener Ikea-Klotz, ist zum Backofen geworden. Wenn ich nachts davorstehe, spüre ich, wie ihre Hitze auf mich abstrahlt. Über vierzig Grad bleibt es in der Nacht. Ich kapituliere und fliehe an die Küste, freilich nicht, ohne Armand eine Flasche Wein in die Hand gedrückt zu haben, einen köstlichen Brouilly – *bien frais*. Wir müssen schließlich an unsere Mitmenschen denken, die Medien rufen uns täglich dazu auf. Und ob man den Wein nun verschenkt oder austrinkt, in beiden Fällen beruhigt es das Gewissen.

Als ich zurückkomme, zieht Frankreich Bilanz: 14.800 Hitzeopfer; 2000 nicht von ihren Verwandten abgeholte Leichen aus Paris und Umgebung kommen in ein Sammelgrab. Der Präsident spricht erbauliche Worte.

PS: Monsieur Dubois hat eine Geige ergattert.
Er hat sie mit seinem eigenen Fett geputzt, jetzt glänzt sie in der Abendsonne.

E & F
ENCEINTES & FOSSÉS
ENTDECKUNGEN UND FUNDE

Will man das moderne Paris verstehen, muss man durch die Vergangenheit der Stadt streifen. Man läuft ein Paar Schuhsohlen durch, macht dafür aber auch wundersame Entdeckungen, wie an dem Tag, als ich etwa auf halber Höhe der Rue Charlemagne, einem unscheinbaren Sträßchen im Armenviertel von Saint-Paul, auf etwa siebzig Meter einer Wallanlage aus der Zeit von Philippe Auguste stieß. Das Gemäuer war fast unversehrt, obwohl die Streetkids ihre Bälle dagegenschossen. Aber die alte Stadtmauer hält schon etwas aus, denn der König ließ sie, als er im 12. Jahrhundert zum Kreuzzug aufbrach, eigens zum Schutz der Pariser errichten. Nicht nur die Stadt wurde ummauert, auch die rundherum liegenden Wiesen, Weingärten und Klöster. Philippe Auguste schenkte Paris eine Befestigungsanlage in Form eines Herzens. Und da und dort kann man dieses Herz noch immer spüren ...

Julien Green hat den Grundriss des modernen Paris mit einem menschlichen Gehirn verglichen. (Das trifft zu, wenigstens innerhalb des Boulevard Périphérique. Das Geschwür jenseits des Betonschädels der Ringstraße zählt und sieht der Pariser nicht.) Für Green hat das Gedächtnis seinen Sitz im Marais, der Intellekt in Saint-Germain, das Zahlentalent ist rund um die Börse angesiedelt und die eigensinnige Seine soll das Unbewusste verkörpern.

Im Volksmund heißt der Grundriss von Paris *L'Escargot*. Herz, Hirn oder Schnecke – kompakt sind alle drei. Aber die Stadt wuchs auch sehr langsam. Von der alten Befestigungsanlage Philippe Augustes – einen Steinwurf von der Bastille entfernt – bis zur östlichen Grenze des Périphérique ist es eine halbe Stunde zu Fuß, doch Paris brauchte acht Jahrhunderte dafür. Keine andere westliche Weltstadt wurde mit so viel Holpern und Stolpern erbaut. Städte wie London, Berlin oder Los Angeles konnten ihre Tentakel nach allen Seiten ausstrecken, aber Paris wurde so oft bedroht, belagert und eingenommen, dass es seine Mauern immer wieder ein Stück weiter nach außen verschob. Sechs Mauern baute es um sich herum, sechsmal riss es den alten Stadtwall ganz oder teilweise ab. Und nach einiger Zeit, wenn die Stadt wieder aus den Fugen platzte, wurden die ärmsten Bewohner aus der geschützten Stadt hinaus ins Umland verdrängt – in Landstriche, wo das Bauen amtlich verboten war *(la zone non constructible)*, eine Vorschrift, an die sich kein Mensch hielt. Bis dann die Enge wieder so drückend wurde, dass sich Paris abermals ausdehnen musste und die vereinzelten Bauten, die sich zu Vororten und Dörfern ausgewachsen hatten, innerhalb neuer Stadtmauern einverleibte. So wuchs die Stadt, Straße um Straße und Haus an Haus, wie die Korallen: Sie verklumpen im Kern und werden nach außen hin immer luftiger. Ein Prozess, der sich bis heute wiederholt. Nur sind es nun keine Mauern mehr, sondern Ringstraßen, die immer weitere Kreise ziehen.

Die bekannteste Ringstraße ist der Boulevard Périphérique aus dem Jahr 1960. Die Glücklichen, die innerhalb dieser röhrenden Blechlawine wohnen, nennen alles außerhalb davon noch heute: *extra muros,* außerhalb der Stadtmauern. Der Stadtrand heißt: *la zone.* Nicht umsonst steht *c'est la zone* für »gefährlich«. (Und wenn sich die dortigen Bewohner nicht an die Vorschriften halten, spricht man von *ZUS – Zone Urbaine Sensible,* der heiklen Stadtzone.) Wer vom Zentrum aus durch die Jahrhunderte bis an den Périphérique wandert, kommt nicht nur durch alte Dörfer – manchmal sogar solche mit eigenem Anger, eigenem Zentrum und eigenem Theater –, sondern findet auch vergessene, wilde Naturbrachen (wie in der Rue de la Réunion – im 20. Arrondissement), einen Streifen alten Wald (in der Rue Saint-Vincent – im 18. Arrondissement), entdeckt einen Weinberg in Montmartre oder baumbestandene Dorfstraßen mit Knusperhäuschen, versteckt hinter den Hochhäusern. *La campagne à Paris. Les villages de Paris.* Jedes Dorf mit einem eigenen Charakter und eigenen historischen Mythen. Eigenwillige Areale innerhalb der Gehirnlandschaft von Paris.

… aber am faszinierendsten bleibt das mittelalterliche Herz. Man spürt die alten Stadtmauern, ist sich ihres Schattens bewusst, selbst dort, wo kein Stein mehr steht. Manchmal meint man sie zu riechen, etwa an einer muffigen Straßenecke, wo das Wort *fossé* in eine alte Hauswand gemeißelt ist: Rue des Fossés (heute Rue du Cardinal Lemoine), Ancienne Rue des Fossés Monsieur-le-Prince. *Fossé, fossé* ... Wenn man einfach drauflosläuft, stößt man mehr als einmal auf das Wort. Es ist die Bezeichnung für die alten Wassergräben, die Rinnen und Rigolen neben dem Stadtwall. In den *fossés* verrottete und schwamm alles, was Paris loswerden wollte: Exkremente, Gerippe und – so die Überlieferung – die Leichen ehebrecherischer Frauen. Die Gestankgrenze der mittelalterlichen Stadt. Und noch immer beschreiben die Fossés kreisförmige Grenzen, wie Jahresringe eines Baums. Auf der einen Seite der Rue Monsieur-le-Prince wandert man noch in den gewundenen Gassen des gelehrten Quartier Latin, auf der anderen Seite tritt man in die dramatischen Kulissen des Quartier de l'Odéon. Viel mehr Licht, Raum. Häuser, die andere Menschen anziehen, andere Umgangsformen.

Aber es geht noch spektakulärer: Neulich lief ich durch die Rue Saint-Jacques, sprang über den gleichnamigen südlichen Fossé, beschleunigte meinen Schritt Richtung Observatoire bis hinter die letzten engbrüstigen Gassen – und stand unverhofft in einem Gemälde aus Bäumen, Klostergärten, alten Eisengittern und breiten Alleen ... Das *extra muros* des mittelalterlichen Paris. Eine Weile wähnte ich mich auf dem Weg nach Orléans und Italien ... Eine Reise in die Antike lag vor mir. Zu Hause suchte ich auf dem Stadtplan meine genaue Wegstrecke und zum ersten Mal wurde mir bewusst, dass sich der heutige Stadtplan von Paris auch wie ein Kalender lesen lässt.

F & E
FILATURE & ENCRE SYMPATHIQUE
FREIHEITSKAMPF UND ERHITZTE SCHRIFT

Einst wurde ich Marten genannt in Paris. Marten war Student an der *Université de lutte clandestine,* Außenstehenden später unter dem Namen *Solidarité* bekannt, eine von den französischen (überwiegend protestantischen) Kirchen getragene Organisation, die sich für die Befreiungsbewegungen in der Dritten Welt einsetzte. Keiner der Dozenten und Mitstudenten wusste, wo Marten herstammte, nur, dass er aus den Niederlanden kam, aber das konnten sie auch an seinem Akzent hören. Keiner wusste etwas vom anderen, und trotzdem wurden wir Freunde bei den Lektionen über Passfälschen, Schreiben mit Geheimtinte, kubanische Codes, Infrarotfotografie, über den Einbau von Wanzen, den Aufbau von Netzwerken im Untergrund, über Geld und

Widerstand und über das Beschatten, *la filature*. Dabei mussten wir Studenten auf die Straße und uns gegenseitig in verwirrenden Parcours verfolgen bzw. abschütteln. Es war das einzige Fach, in dem sich Marten hervortun konnte: Wegen seiner Größe verlor er nie einen aus den Augen, und weil er gern Theater spielte, verstand er die Kunst, sich scheinbar klein zu machen. Dafür musste man kaum Französisch können.

Bevor Marten seinen Namen bekam, hatte er sich in Amsterdam als Student im Kampf gegen die Apartheid in Südafrika engagiert. Er studierte Afrikaans, weil er diese Lyrik so wunderschön fand, doch vor lauter Angst, sein Studium – und das damit einhergehende Verständnis für diesen gottesfürchtigen, weißen Stamm unterhalb der Provinz Limpopo – könnte ihn besudeln, wollte er auch politisch etwas tun. Als ihn ein im Exil lebender Dichter (der meinte, seine Feder könne in seinem eigenen Land nicht genügend ausrichten) dazu aufforderte, »irgendetwas« für den Freiheitskampf zu tun, ließ er sich das nicht zweimal sagen. Nun konnte er, ohne Schuldgefühle, in dieses vermaledeite Land reisen und dort sogar etwas tun. Natürlich für die unterdrückten Afrikaner, aber vielleicht noch mehr für sich selbst, um als Nachgeborener doch noch zum Widerstand zu gehören!

Marten sog Paris in sich auf. Das hier war doch etwas anderes, als für zehn Gulden mit dem Zeitungswagen nach Paris mitzufahren und dort tagelang auf Flohmärkten herumzustromern. Er war kein Tourist mehr, er wohnte bei Franzosen, noch besser, er ging mit ihnen zu Bett und stand mit ihnen wieder auf. Er teilte die Bank mit bestimmt zwölf Kriegen, saß neben Studenten aus Chile, Nicaragua, Angola, Mosambik, Namibia und Südafrika und ließ sich von Alt-Spanienkämpfern, von Spitzenfunktionären der algerischen Befreiungsfront, von Maoisten, Kommunisten, Anarchisten, radikalen Philosophen der Sorbonne unterrichten ... Männer und Frauen, die an die Revolution glaubten und trotzdem Wein tranken und sich nachts wild im Tanz ausleben konnten – ganz anders als die calvinistischen Weltverbesserer, die er in Amsterdam von Weitem bei ihrem Tun beobachtet hatte.

Auch in Paris blieb Marten Beobachter, es gelang ihm nicht, wirklich dazuzugehören – das gelingt ihm nirgendwo –, deshalb war er auch so gut im Beschatten, im Da-Sein durch Nicht-Da-Sein. Rein in die Métro, raus aus der Métro, jemanden verfolgen bis zu einer ausgemachten Stelle und sich dann bei einem »Briefkasten« melden, meist in einer Kneipe oder Buchhandlung, wo neue Anweisungen zu finden waren. Cowboyspiele, doch es wurde später bitterer Ernst: Der Dichter wurde bei einer geheimen Mission verraten und verschwand für sieben Jahre in einem südafrikanischen Gefängnis, und der Mann hinter der *Solidarité* wurde vor seinem Haus liquidiert.

Heute, da Marten in meinem Kopf fast zur Romanfigur geworden ist, begegne ich ihm oft in Paris. Denn in den Siebzigerjahren haben er und ich die Stadt gut kennengelernt, unterwegs zu den vielen unbekannten Vierteln und Häusern, wo wir mit Stechbeitel und Zahnstocher offizielle Stempel nachmachten. Jede Nacht eine andere kodierte Adresse.

Von allen Quartiers bleibt uns La Goutte-d'Or am besten im Gedächtnis, weil dort der Algerienkrieg noch immer nicht vorbei zu sein schien; es war die Gegend, in die ab Ende der Fünfzigerjahre Tausende von Algeriern zogen, wo die Zentrale der FLN, der Front de Libération Nationale, ihren Sitz hatte und wo in den Räumen, wo wir mit Geheimtinte geschriebene Briefe über eine Kerze hielten, um durch Erhitzen die Buchstaben wieder sichtbar zu machen, öfters eine algerische Fahne hing. Eine gute Lehrschule.

Wir erinnern uns, wie die alten Hallen abgerissen wurden und danach unendlich lang eine riesige Baugrube gähnte. Eines Morgens wurden wir neben diesem Loch wach, in einem revolutionären, namenlosen Bett, und als wir aus dem Fenster schauten, sahen wir mit einem Mal Tausende von Rotgardisten die Maobibel schwenken. Die Revolution, dachten wir ... aber es waren nur Filmaufnahmen für *Mao à Paris*. Marten mimte umsonst am Fenster den Statisten.

Heute beschatte ich auf Terrassen. Setze mich im Café de la Mairie du sixième an einen Tisch mit Blick auf die kanadischen Eichen und die Kardinäle des Visconti-Brunnens. Und verdammt, da kommt der Medienphilosoph Bernard-Henri Lévy (BHL) vorbei – lange Haare, Schillerkragen –, und ist das nicht die Sprecherin der Spätnachrichten? Ihre Augen suchen und finden einen freien Tisch ... genau vor mir. Ich schlage die Zeitung auf. Was höre ich? Nur zu, nur zu ... nein, ich will es nicht hören. Mein Blick wandert zu dem Mädchen, das von seinem Freund im Nacken gestreichelt wird und dabei schmachtend zu BHL aufschaut, und ich höre ihr zu: Sie will ihr Leben ändern. Sie ballt eine Faust. Trainiert wie ich bin, höre und sehe ich mir alles an, alles wird gespeichert und notiert, ach wie gut, dass niemand weiß, dass ich Rumpelstilzchen heiß.

G
LA GOUTTE-D'OR
DER GOLDTROPFEN

La Goutte-d'Or beginnt für mich im Gare du Nord, auf dem Bahnsteig, wo der Zug aus Amsterdam ankommt. Ich werfe dann immer einen Blick schräg nach oben, ob ich sie wieder sehe: afrikanische Frauen auf der Eisenbrücke, die über den Gleisen hängt, Watschelfrauen mit Bündeln auf den Köpfen und flatternden Hühnern in der Hand – auch sie kommen mit Sack und Pack aus einem anderen Land.

La Goutte-d'Or, früher ein kleines Dorf jenseits der Zollmauer östlich des Butte Montmartre, eine geschützte Südlage. Einst wurde der Hügel wegen seines guten Weins gerühmt, daher der Name Goldtropfen. (Es war Tradition, dass der König – egal welcher – zum Geburtstag alljährlich ein Fass Goutte-d'Or von der Stadt Paris geschenkt bekam.) 1860 wurden die Zollmauern geschleift und die *faubourgs* von La Goutte-d'Or, La Chapelle und Butte

Montmartre zu einem neuen Arrondissement zusammengelegt: dem Achtzehnten. Seither bilden die *boulevards extérieurs* die Trennlinie zwischen Stadt und Vorstädten. La Goutte-d'Or war schon lange kein Dorf mehr, sondern ein schnell wachsender Arbeiterbezirk, geprägt von Absinth, dreckigen Fabriken, Schlachthöfen und Slums, und seit dem Einzug der Dampfloks obendrein noch gefangen in einem Netz von Bahngleisen und gusseisernen Brücken für die oberirdische Métro. Émile Zola beschrieb den Kontrast zwischen dem harten Leben in La Goutte-d'Or und dem schamlosen Reichtum auf den Grands Boulevards – nur wenige Straßen südlicher und trotzdem so unerreichbar für alle, die (wie Nana in seinem gleichnamigen Roman) im Schatten der alten Zollmauer aufwuchsen.

Noch immer wohnen dort arme Menschen … nur haben sie eine andere Hautfarbe und sprechen miteinander eine andere Sprache, nicht das Argot des Arbeiterviertels aus dem neunzehnten Jahrhundert, sondern Arabisch, das Berberische oder eine der Sprachen aus dem Senegal, aus Mali oder von der Elfenbeinküste. Es riecht auch nicht mehr nach Fabrik, sondern nach Piri-Piri, nach Honigkuchen, Minze und Datteln. La Goutte-d'Or ist ein Teil Afrikas geworden.

Der Maghreb liegt nördlich der Métro-Station Barbès-Rochechouart, die sich am Samstagmorgen in einen gusseisernen Suk verwandelt, wenn Tausende Nordafrikaner von nah und fern anreisen, um hier ihre Einkäufe zu erledigen. Schwarzafrika beginnt ein paar Straßen nördlicher, sein Zentrum ist die Rue Myrha, wo es von grell bedruckten afrikanischen Stoffen nur so raschelt und wo in stickigen Geschäften Videokassetten, lebende Hühner, Kalebassen, Kolanüsse, geschmuggelte Zigaretten (*les vraies Marlboro du Sénégal),* in Sand getrockneter Fisch aus Mbour und Mekkareisen verkauft werden. Die beiden Teile treffen sich in den Oasen von Tati, einer Ladenkette, die vor allem in Arbeitervierteln floriert. Tausende Frauen gehen dorthin, um in den Grabbelkisten voller Sonderangebote zu wühlen. Socken, Hosen, Westen, BHs fliegen durch die Luft – eine Pantomime aus braunen und schwarzen Armen. Wo die vielen Leute herkommen, weiß kein Zöllner, aber alle brauchen Kleider, für sich und für Verwandte in Übersee. Nicht nur das Tati erlebt einen Goldrausch, in den Seitenstraßen, gegenüber von Moschee und Koranschule, zwischen den Fischgeschäften und Schafshoden, wird auch alles Mögliche zu Schleuderpreisen verramscht: Wagenladungen voller Schuhe, das Paar zu zehn Euro, aufgereiht in einem baufälligen Kino aus den Zwanzigerjahren, unter dem Balkon und zwischen Samtdraperien.

Die Straßenecken bieten Platz für dunklere Geschäfte, hier scheuern sich Lederjacken Schulter an Schulter und junge Männer in schimmernden Ballonseidenhosen flüstern in ihre Telefone. La Goutte-d'Or bleibt eine Lehrschule für junge Gauner – auch das ist eine Tradition. Das ganze Gewimmel ist den Lokalpolitikern natürlich ein Gräuel, deshalb saniert man mit der Abrissbirne und sucht Ordnung in den hässlichsten Neubauten zu finden – zu teuer für die ursprünglichen Bewohner, die so mit den besten Absichten aus Paris vertrieben werden.

Zwischen Chaos und Neubau – wo Nord- und Schwarzafrika ineinander übergehen – liegt eine Kirche, die so gut wie jeder Pariser dem Namen nach kennt, auch wenn dort kein weißes Gesicht betet: Saint-Bernard de la Chapelle. Ende der Neunzigerjahre schaffte es diese Kirche auf die Titelseiten, als sich dort eine Anzahl Afrikaner ohne gültige Papiere mit einem Hungerstreik der drastischen Ausweisungspolitik der Regierung widersetzte. Das Interesse der Medien und die Unterstützung durch Hilfsorganisationen und sympathisierende Intellektuelle fruchtete nichts: Nach wenigen Wochen stürmte die Polizei die Kirche, unbeugsam und jeder Duldung abhold. Seitdem ist Saint-Bernard de la Chapelle ein Wallfahrtsort für Flüchtlinge und Asylbewerber. Eine Kladde neben dem Seiteneingang, in der die Besucher ihr Herz ausschütten können, steht voller Einträge, die das bezeugen, manchmal in rührend ungeschickten Formulierungen. »Danke, lieber Gott, für das Gute, das du mir geschenkt hast. Danke für das Wunder und meine Situation als Flüchtling. Heute wird mich die Stadt akzeptieren und mir das Papier geben. Ich bitte auch für meine Brüder und Schwestern im Asylantenheim.« Auch Muslime schreiben dem Gott von Saint-Bernard (»Allah, Seigneur, Dieu … il y en a qu'un seul«), vor allem aber flehen Mütter den Himmel an, ihre Söhne mögen auf dem rechten Weg bleiben.

Wenn ich nach meinen Streifzügen in Mama Diaras Esskneipe eintrete, setze ich mich neben Fadi, eine Malierin, auch eine Mutter, die sich Sorgen um ihren Sohn macht. »Die Franzosen denken, hier wäre Afrika«, sagt sie, hühnerbeinknabbernd. »Wenn es nur wahr wäre. Ich bin hier reicher als in Mali, aber ärmer in meinem Portemonnaie, weil hier viel mehr Reiche wohnen. Mein Sohn will reich werden, haben, was die anderen haben … und jetzt tut er Dinge, die er in Afrika niemals tun würde … Mein Sohn verkraftet den Reichtum von Paris nicht.«

H
HÉLOÏSE

Die Kaimauern der Seine sind für Selbstmord wie geschaffen. Hoch, kahl, ohne rettende Festmacherringe (die, wenn vorhanden, für Hände zu hoch hängen oder wegen des Algenbewuchses zu glitschig sind), und das Wasser darunter strömt atemberaubend schnell. Dieselben verlassenen Kaimauern ziehen auch Liebespaare an – Hoffnung und Verzweiflung treffen dort aufeinander. Am Quai aux Fleurs muss ich immer an beide Gemütsverfassungen denken. Eines Tages sah ich dort einen Clochard im Wasser treiben – seine aufgebauschte Regenjacke verhinderte das Untergehen – unweit von Nummer 9, wo sich eine der schönsten Liebesgeschichten Frankreichs zugetragen hat. Dorthin kommen nie Touristen, aber es wird noch immer ziemlich viel geknutscht unter den Steinmedaillons von Abélard und Héloïse, die sich hier heimlich trafen. Vor fast neunhundert Jahren, auf der Île de la Cité – der Wiege der Stadt –, im Schatten von Nôtre-Dame. Jedes Schulkind kennt die Geschichte …

1118: Pierre Abélard, Lehrer an der Klosterschule der Ur-Nôtre-Dame, bekommt mit neununddreißig Jahren die achtzehnjährige Héloïse als Schülerin zugewiesen, eine Nichte des Kanonikers Fulbert. Abélard ist einer der großen Gelehrten seiner Zeit, aus ganz Europa kommen Studenten ins Quartier Latin, um seine Vorlesungen zu besuchen, aber auch, um seinen Gedichten und seinen Liedern zu lauschen. Héloïse trinkt ihm die Worte von den Lippen und noch viel mehr … Sie wird von ihrem Lehrer geschwängert. Aus Furcht vor der Rache des Onkels flüchten die Liebenden in die Bretagne, wo ein Sohn geboren wird. Als das Paar nach Paris zurückkehrt, lässt der Kanoniker Abélard gefangen nehmen und kastrieren.

Die Frauen der Cité trauern in aller Öffentlichkeit – aus Protest, weil Paris durch das Vergießen seines Blutes besudelt wurde. Abélard, erlöst von dem Quälgeist zwischen seinen Beinen, widmet sich von nun an den geistigen Dingen und geht ins Kloster. Héloïse zieht sich als Nonne nach Argenteuil zurück. Erst am Ende seines Lebens schreibt Abélard die Geschichte seiner großen Liebe in der *Histoire de mes malheurs* auf, einer Quelle für die späteren Romane über sein Leben. Héloïse, die ihren Geliebten zehn Jahre lang nicht sieht, schreibt ihm Briefe, die zu den leidenschaftlichsten der französischen Literatur gehören. (Auch das lernen die Kinder in der Schule, aber die Briefe sind nur was für die Leseratten.) Als Abélard 1142 stirbt, lässt Héloïse seinen Leichnam heimlich in ein anderes Kloster bringen. Zweiundzwanzig Jahre später legt sie sich dort zu ihm in den Sarg. Dreihundert Jahre lang teilen die Liebenden dasselbe Grab, bis eine Nonne in ihrem Glaubenseifer die Gebeine des unzüchtigen Paars wieder auseinanderreißt und in zwei getrennten Grabmälern neu beisetzt. 1792 beschließt eine progressivere Autorität, die beiden abermals in einem Sarg zu vereinen, wenn auch mit einer Trennwand aus Blei. Inzwischen ist das Paar bereits so berühmt, dass ihm eine neogotische Tropfsteinhöhle im Musée des Monuments Français zugedacht wurde.

Das unwürdige Hin- und Hergezerre hört nicht auf. Als zu Beginn des 19. Jahrhunderts der Friedhof Père Lachaise eingerichtet wird und man die Neureichen dazu bringen möchte, sich dort ein Prachtgrabmal zu mieten, überführt man als Werbegag Héloïse und Abélard auf den neuen Friedhof, wie auch Molière und La Fontaine. Das Konzept geht auf. Und da liegen sie nun versteinert, nebeneinander auf ihrem Epitaph, mit keusch gefalteten Händen, ein Liebespaar aus dem Mittelalter neben der Pariser Bourgeoisie des 19. Jahrhunderts. Dann lieber eine Blume unter die Medaillons am Quai aux Fleurs legen, wie es liebende Paare bisweilen tun. Ich habe, angesteckt von der Melancholie des Ufers, an einem nasskalten Novembermorgen eine im Jardin du Luxembourg gefundene Blumenzwiebel zwischen Kaimauer und Bürgersteig gepflanzt – für den ertrunkenen Clochard. Vielleicht taucht er ja wieder auf.

PS: Entdeckt, dass Monsieur Dubois eine weitere Straße hat, er steht auch an der Ecke beim Boulevard Montparnasse. Ich sah, wie er dort an einem kalten Tag in einer Telefonzelle Schutz suchte und sich dabei auf eine Gehkrücke stützte – sein neuester Zugewinn. Er aß aus einer Konservenbüchse, eine Literflasche Wein in Reichweite.

I & J

INFERNO EN JARDIN DU LUXEMBOURG

INFERNO IM JARDIN DU LUXEMBOURG

Was macht man, wenn man allein in Paris wohnt, nach drei Tagen den Staub von seinen Stimmbändern hüstelt und nicht zu früh Trost im Wein suchen möchte? Spazieren gehen, viel spazieren gehen, das ist gut für den Kopf.

Ein Einzelgänger sucht Halt in festen Routen. So mache ich jeden Tag einen Spaziergang durch den Jardin du Luxembourg, und das geht von meiner Wohnung aus nicht, ohne die Rue d'Assas zu überqueren. Die Augen auf die Fassaden gerichtet, denn dort hängt immer wieder irgendwo eine Gedenktafel, die eine Geschichte erzählt. Paris ist gut im Gedenken.

Eines Mittags lese ich über der Nummer 26: »In diesem Haus, dem früheren Hôtel Orfila, durchlebte der schwedische Autor

August Strindberg von Februar bis Juli 1896 eine wichtige Phase seines Lebens.«

Darunter ein Zitat aus seinem Buch *Inferno*. Verdammt ... das habe ich letztes Jahr in einem Ferienhaus gelesen, es lag auf meinem Nachttischchen. Selten einen so idiotischen Text in der Hand gehabt ... Das war also das Haus, in dem der Autor völlig verrückt wurde, wo er in seinem Zimmer ein Labor aufbaute und nachts mit blutenden Händen im Kamin Retorten erhitzte. Ich hatte mir das katholische Mädchenpensionat Orfila größer vorgestellt, vielleicht, weil Strindbergs Wahnbilder so groß, seine Angstanfälle so heftig waren. Empfing er dort nicht auch himmlische Zeichen? Wie schön, dass Paris mich kurz bei ihm innehalten lässt. Bei den bittersten Monaten seines Lebens, als er nach seiner zweiten Scheidung, bankrott und enttäuscht vom literarischen Klima seines Landes, nach Paris gereist war, um sich an der Welt zu rächen.

Strindberg wollte anders als durch Schreiben unsterblich werden: Er wollte aus Schwefel und Eisensulfat Gold destillieren. In *Inferno* berichtet er über seinen verwirrten Geisteszustand – Paranoia, Schizophrenie – und nimmt den Kampf gegen die finsteren Mächte auf, die Paris regieren ... genau das richtige Buch, um es in dieser Stadt ein zweites Mal zu lesen.

Noch am selben Nachmittag finde ich es in einem Antiquariat in der Rue Monsieur-le-Prince. Zufall? Ein paar Stunden später sitze ich mit Wein und Strindberg in der Hand jubelnd in meinem Dachzimmer: All meine Straßen auf dem Weg zum Park, ja sogar meine eigene Aussicht finde ich bei ihm wieder. In der Rue de Fleurus entdeckt Strindberg auf einem Färbereischild seine Initialen: »Gemalt auf die Fensterscheibe der Werkstatt stehen da über einer silberweißen Wolke die Anfangsbuchstaben meines Namens, und darüber wölbt sich ein Regenbogen.« Diese Farbenhandlung … habe ich die nicht auch gesehen? Strindberg erkennt in dem Ladenschild ein Bibelzitat, das ihn »beflügelten Fußes« durch sein Viertel treibt und schwebend den Jardin du Luxembourg betreten lässt: »Um diese Morgenstunde bin ich der ausschließliche Eigentümer dieses Parks samt seiner Rosenpracht, und ich kenne alle Blumen auf den Beeten.« Er verlässt den Park durch das Gittertor an der Rue Soufflot, wendet sich zum Boulevard Saint-Michel, schnüffelt in den Bücherauslagen und erlebt geradezu Offenbarungen, als er auf gut Glück ein Buch aufschlägt. Aber das ist ja meine Strecke! Auch ich nehme jeden Tag den Park in Besitz – wie alle einsamen Spaziergänger. Und auch ich stöbere in den Bücherkisten von Saint-Michel. Und genehmige mir in den Straßencafés von Montparnasse, wo Strindberg Absinth trank, nach dem Kino ein Glas Rotwein. Allein, in einem dieser Glaskästen.

Nach *Inferno* wieder frisch im Kopf muss ich mich zusammennehmen, um nicht in den Wolken und den abgerissenen Zweigen auf meinem Weg Zeichen zu lesen … Sah ich nicht eben erst diese schrecklichen … vorbeitreiben? Bildeten die Kastanienschalen dort nicht zusammen ein A? Das A von Ausharren! Ja, das gebieten sie mir. Durchhalten.

Je härter ich arbeite, desto besser komme ich mit mir aus, aber mit *Inferno* überfällt mich plötzlich ein gigantisches Selbstmitleid. Weshalb bin ich eigentlich aus Amsterdam weggegangen? Was suche ich in einer Stadt, in der ich keinen mehr kenne. Zu den halben Freunden, die ich hier hatte, habe ich den Kontakt verloren und die echten sind weg oder tot.

Um mich von Strindbergs Wahnbildern zu befreien, suche ich Unterstützung bei Hemingway, auch ihm begegne ich häufiger auf meinen Spaziergängen zum Park, wenn er bei Gertrude Stein in der Rue de Fleurus Nr. 27 einen Kaffee trinken geht, oder vor seiner eigenen Wohnung in der Rue Nôtre-Dame des Champs Nr. 113. Ich gehe noch immer bei Hemingway in die Lehre. Sein Werk steckt voller Ratschläge und Selbstvertrauen. Er hat mich auch mit seiner wunderbaren Ode an das Schreiben in *Paris – Ein Fest fürs Leben* hierher gelockt, mich, den beeinflussbaren Leser, der ich war, der ich bin. Ich wandere zu den Häusern, wo sein Pariser Abenteuer begann: Rue du Cardinal-Lemoine Nr. 74, und um die Ecke, Rue Descartes Nr. 39, wo er im selben Zimmer schrieb, in dem Verlaine gestorben war. Nirgendwo hängt auch nur eine sichtbare Erinnerung an ihn. Trotzdem kann ich hier nicht entlanggehen, ohne an die in *Ein Fest fürs Leben* beschriebenen Ziegenhirten zu denken, die in den Zwanzigerjahren noch ihre Herden durch die Straßen trieben. Um frische Milch zu bekommen, ließ seine Nachbarin, die über ihm wohnte, einen Topf aus dem Fenster herunter … Eine Straße weiter, in der Rue Mouffetard, wo Hemingway den Geruch der damals in den Treppenhäusern stehenden Kacktonnen heraufbeschwört, werde ich von blaugefrorenen Obern angesprochen, die Kunden an ihre gedeckten Tische locken. Die Straße ist ein einziges großes Speiselokal: Als Hemingway hier um die Ecke wohnte, hatte er gerade mal zwei Restaurants zur Auswahl.

Die Rue Mouffetard … kannte ich die nicht schon als Kind? In all ihrem Gestank wird sie von Hector Malot beschrieben … Auch das drängt bei diesem Spaziergang wieder nach oben: *Heimatlos.* Mein erster Parisbesuch, vorgelesen von meinen Schwestern.

In dieser Umgebung wurde der arme Rémi nach dem Tod des Äffchens Joli-Cœur von seinem Meister Vitalis an den Ausbeuter Padrone Garofoli ausgeliehen, der Rémi zum Betteln losschickte. *Sans famille* – schon damals begann es: das Schwelgen im Selbstmitleid. Komm, lass gut sein. Durchhalten. Den Büchern sei Dank bin ich in Paris nie wirklich allein.

PS: Es ist kalt, und Monsieur Dubois trägt einen weißen Pelz mit gekreuzten Riemen auf der Brust, und gestern kratzte er ein bisschen auf seiner Geige. Vitalis!

A NOTRE
FANTOMAS
M. M

K & P

KARDEC AU PÈRE LACHAISE

KULT AUF DEM PÈRE LACHAISE

Ein Kreis Getreuer steht mit geschlossenen Augen um das Grabmal. Abwechselnd legen sie die Hand auf die Büste, um das Fluidum des Meisters aufzufangen. Sie schwanken wie Wünschelruten im Wind. Berührt von fremden Kräften, das Ohr einer anderen Welt zugewandt. Einige führen Selbstgespräche; zu leise für mein passierendes Ohr. Was hören sie, das mir vorenthalten wird? Ich möchte weitergehen, peinlich berührt davon, heimlich privates Verhalten im öffentlichen Raum zu belauschen … kann freilich mein Ohr nicht verschließen.

Die Kraft der Einbildung hat mich seit jeher fasziniert. Worin unterscheiden sich diese Leute von anderen Friedhofsgängern? Haben wir nicht alle eine innere Vorstellung, wenn wir die ein-

ATOM
17 ANS

gravierten Namen berühmter Toter lesen? Und gelegentlich *höre* ich sie sogar, weil ich ihre Stimme wirklich einmal gehört habe. Beim Grab eines Komponisten klingt sogar Musik nach, weil sein Name eine unvergessliche Melodie ins Gedächtnis ruft. (Bei Joseph Kosma auf dem Montmartre hatte ich die ersten Töne seiner *Feuilles Mortes* im Ohr.) So nüchtern bin ich also ... Aber die Leute dort, die Spiritisten um Kardecs* Büste, die verkehren mit Druiden und Pharaonen.

Ein Spatzenschwarm landet auf dem Weg. Welch ein Leben! Die Sonne bescheint den aufwirbelnden Staub. Ein böses Gesicht zeichnet sich darin ab, ein alter Bekannter – ein Mann, der schon lange tot und weggeräumt ist. Was spukt der hier herum? Schert euch fort, ihr Spatzen!

Kardecs Anhänger lassen sich von dem Flattern nicht ablenken, sie hören auch nicht die lauten Stimmen, die auf sie zukommen. Ein Trupp ausgelassener Touristen in Pullovern und mit Vereinsschals, Bierdosen in der Hand. Zwischen ihnen ein Fremdenführer. Junge Alte auf der Suche nach dem Grab eines Musikers aus ihrer Jugend. Im Vorübergehen lässt der Führer eine Bemerkung über Kardecs Grab fallen. Die Touristen amüsieren sich über die Spiritisten. Es könnten meine Witze sein. Ein Dicker im Trainingsanzug gibt das Geistwesen. Buuh. Buuh. Schallendes Gelächter über den Gräbern. Die Getreuen drücken sich einer wie der andere ängstlich an das Grabmal; so viel Leben macht ihnen Angst.

Plötzlich fühle ich in mir einen mächtigen Zorn aufsteigen – den Zorn des Toten, den ich im Staub erblickt habe. Ich laufe eilig davon und weiß nicht, was ich mehr verfluche: Phantasten oder Flegel. Meinen Aberglauben oder meine Nüchternheit. Himmel oder Erde.

* Allan Kardec ist der Druidenname von Hippolyte Léon Denizard Rivail (1804–1869), Begründer des Spiritismus.

SARD DECORS
RONSARD DECORS
Tissus d'ameublement
Grand
Choix
de
Tissus
Tenture
Murale

L & V
LAÏCITÉ, VOILE & VATICAN
LEIB UND VERHÜLLUNG

Kürzlich wartete ich in der Drogerie an der Kasse hinter einer jungen Frau. Sie trug einen dunkelblauen, unförmigen Mantel, der ihren ganzen Körper bedeckte, ihre Haare waren unter einem Kopftuch versteckt, ich konnte kaum ihre Wangen sehen. In den Sandalen trug sie keine Socken, sonst waren nur ihre Hände unbedeckt – junge Hände, ohne Nagellack. Kein Mensch sah sie komisch an oder gestikulierte hinter ihrem Rücken, niemand verwehrte ihr einen Dienst … ganz im Gegenteil, das Personal überschlug sich förmlich, jeder half mit einem Lächeln. Als sie ging, öffnete der Drogist ihr die Tür. Es war eine Nonne.

Alte Taxifahrer nennen mein Viertel gelegentlich *le Vatican*. Ich kann nicht über die Straße gehen, ohne ein Habit zu sehen, einen nackten Fuß in Sandalen, weiße Stehkragen, blaue Scheitelkäppchen, das Gleißen eines silbernen Kreuzes. Pilger auf dem Weg zu einer Kapelle in der Rue du Bac, wo Maria einer Klosterschwester erschienen ist. Um die Ecke liegt der mehr als dreihundertfünfzig Jahre alte, einbalsamierte Leichnam von Saint-Vincent de Paul, des heiligen Vinzenz von Paul, in einem gläsernen Guckkasten aufgebahrt. Mit Pantoffeln an den Füßen. Eine Kirmesattraktion. Auch das zieht fromme Pilger an. Die Rue de Sèvres ist von alters her bekannt für die hohe Dichte an Missionshäusern und Klöstern; Nachfragen ergaben, dass hier in der Gegend mehr als fünfundzwanzig Kongregationen aktiv sind.

Paris ist eine Stadt der Symbole und des Scheins. Wer seinen Glauben auffällig zur Schau trägt, wird mit Hochachtung behandelt: Kahlgeschorene Buddhisten flattern in bordeauxroten Tüchern über die Boulevards, in der Rue des Rosiers sieht man orthodoxe Juden mit langen Bärten, langen Jacken, Peies und zu kleinen schwarzen Hüten. Die Frauen bedecken ihr Haar mit Perücken. Die Kippa ist allgegenwärtig – für die Kleinen mit Micky-Maus- und Spiderman-Motiv. Sikhs halten mit ihren hoch aufgetürmten Turbanen die Decken der Métro sauber. Die Protestanten kleben auf die Rückscheibe ihres Autos die Umrisse eines Blechfisches. Die Zeugen Jehovas sind an ihren grauen Regenmänteln und den schwarzen Plastikaktentaschen zu erkennen, die Rastas an ihren Dreadlocks und Häkelmützen in Schwarz, Rot, Grün und Gelb. Die Goldzähne der russisch-orthodoxen Frauen funkeln mit den goldenen Kuppeln der Saint-Alexandre-Nevsky-Kathedrale um die Wette, die Afrikaner prunken samstags in ihren farbenprächtigsten Gewändern vor ihrer Moschee. Und dann haben wir noch nicht von den Menschen gesprochen, die aus ihrer sexuellen Orientierung eine Religion machen: die Transvestiten, Ledertunten, Fetischisten. Oder aus ihrer politischen, wie die jugendlichen Anhänger der Front National: kahlköpfig, mit schwarzen Springerstiefeln und auf die Bomberjacke aufgenähter Trikolore – sie glauben an ein weißes Frankreich. Und nicht zu vergessen die *Parisiennes,* die mit ihrer Kleidung und ihrem Schmuck vorführen, dass sie den Mammon anbeten: *les garces du XVIème,* die Botoxschlampen vom Sechzehnten ... Paris zuckt nicht mit der Wimper. Die Stadt ist neutral. (Auch wenn die Neutralität der Mehrheit bedeutet: katholisch. *Anima naturaliter christiana.* Die Seele ist von Natur aus christlich.)

Ein Kleidungsstück trifft jedoch auf Widerstand: das muslimische Kopftuch. Nicht nur in den öffentlichen Schulen, auch im öffentlichen Raum, und vor allem am Arbeitsplatz. Samaritaine, Printemps, Bon Marché, Galeries Lafayette, ... es gibt dort jede Menge muslimisches Personal, im Ramadan angepasste Arbeitszeiten und ungeschminkte Gesichter an der Kasse, aber weit und breit kein Kopftuch. Bei Staat und Stadt gilt die Devise: Tuch ab. Im Gerichtssaal ebenfalls. Vor Kurzem wurde eine Schöffin ihrer Aufgabe enthoben, weil sie mit Kopftuch im Gericht erschien. Einige Banken verweigern Frauen mit Kopftüchern den Zutritt – die Überwachungskameras brauchen mehr Gesicht.

Es begann mit zwei Schwestern, die zum Schuljahresanfang 2003 mit Kopftuch im Klassenzimmer auftauchten. Die Lehrer beklagten sich, die Schulleitung verbot das Tuch. Auf der Suche nach ihrer Identität landeten die beiden Töchter geschiedener Eltern (der Vater ein nicht gläubiger Jude, die Mutter katholisch, gebürtige Algerierin) beim Islam. (Ein Jahr zuvor hatten die Schwestern ein Piercing gewollt, aber damals wohnten sie noch in der Provinz und die Mutter unterdrückte ihre Aufmüpfigkeit.) Beim

Vater in Paris angekommen und inzwischen geübt im Querköpfigsein, machten sie ihr Kopftuch zum Signaltuch – mit Unterstützung der Medien. Hunderte Schreibstifte liefen heiß. Paris zerfleischte sich in der Kopftuchfrage. Eine Ausnahme zulassen oder nicht? Wie sakrosankt ist die Trennung von Kirche und Staat? Radio und Fernsehen debattierten endlos Pro und Kontra eines gesetzlichen Kopftuchverbots. Als ob die Werte der Revolution auf dem Spiel stünden: Der historische Kampf gegen den Klerus wurde wieder aufgewärmt. Die Neutralität des Bildungsauftrags liefe Gefahr. Am Ende bekamen die Mädchen einen endgültigen Schulverweis. Aber schon damals schaute ganz Frankreich mit dem Vergrößerungsglas auf kopftuchtragende Muslimas. Und jeder hatte eine eigene Meinung dazu.

Der Senat organisierte Anhörungen in seinem Amtssitz am Jardin du Luxembourg. Viele der Befragten setzten sich für die Frauen ein, die von ihrer Umgebung zum Kopftuchtragen gezwungen werden. Der Staat solle nicht vor den repressiven islamischen Praktiken in die Knie gehen. Aber ausgerechnet wegen der großen Aufmerksamkeit scheinen immer mehr, vor allem junge muslimische Frauen – gezwungen oder ungezwungen –, ihren Glauben in der Öffentlichkeit kundzutun. Das Kopftuch als Zeichen von Kampf und Stolz. Von einer Woche zur nächsten tauchten in meinem Viertel Frauen mit Kopftüchern auf. Selbst die immer flirtbereite Hilfskraft des Algeriers um die Ecke beugte sich plötzlich mit einem Tuch über die Gemüsekisten.

Das Ergebnis der öffentlichen Debatte war ein Gesetz, welches das Tragen von auffälligen religiösen Zeichen verbietet.

Seither ist Paris sichtbar aus dem Lot. Ein Vorfall nach dem anderen schafft es auf die Titelseiten. Inzwischen scheinen auch die Kreuze auf der Straße zu wachsen. In der Métro hört man laute, widerliche Bemerkungen über Kopftuchträgerinnen.

Auf einer Wand gegenüber dem Square des Missions Étrangères – an einer der Kreuzungen in Le Vatican – machte ein Sprayer folgenden Vorschlag: *À bas tout signe d'appartenance! Tous nus.* Runter mit den Unterscheidungszeichen! Alle nackt! (Kommentare ließen nicht lange auf sich warten: »Und Penisköcher für die beschnittenen Juden?«) Wenige Tage darauf fielen die Texte dem Hochdruckreiniger zum Opfer und die Wand war wieder neutral.

FRANCE
SOUVIENS-TOI

M & M & N

MOMENTS ET MONUMENTS DE NOBLESSE

MOMENTE UND MONUMENTE DER NOBLESSE

Ein Mann zählte die Sekunden … Punkt 10:22 Uhr entblößten sich die Häupter: der Augenblick der Enthauptung. Devot blickten die Trauernden zu Boden, der Verkehr raste vorbei … in ihrem stillen Gedenken sahen sie Blut übers Pflaster rinnen.

Da standen sie wieder, am Morgen des einundzwanzigsten Januar auf der Place de la Concorde, fröstelnd im Regen: eine Handvoll Königstreuer und ein pitschnasser Priester.

Ludwigs Kopf rollte 1793. Über zwei Jahrhunderte später bringt er noch immer Leute auf die Beine. Wie eh und je zog eine kleine Gesellschaft nach Ablauf der Feierlichkeit zu der etwas nördlicher gelegenen Chapelle Expiatoire weiter, der Sühnekapelle, die der nach dem Fall Napoleons wieder in Amt und Würden eingesetzte Ludwig XVIII. seinem enthaupteten Vorgänger erbauen ließ.

Obwohl ein schnöder Schaulustiger wie ich keine Chance hatte, an diesem Morgen dabei zu sein, konnte ich doch vermuten, was sich in der Kapelle abspielen würde, denn ich war schon einmal drinnen gewesen und wusste, dass die Bourbonen dort wie Heilige verehrt werden ...

Die Neugierde auf diese Königstreuen (in Paris gibt es 75.000 von ihnen) wurde bei meinen Besuchen im Schwimmbad an der Rue de Pontoise geweckt. Jedes Mal, wenn ich dort unter Mittag mein Fahrrad abstelle, sehe ich schwarz verschleierte Frauen in die nächstgelegene Kirche (Saint-Nicolas-du-Chardonnet) huschen. »Lauter Royalisten«, meint der Bademeister, »die schwärzeste Reaktion geht dorthin zum Beten.« Worauf ich mit noch nassen Haaren gleich ebenfalls dort eintrat. Ich sah Frauen und Männer auf den Knien über den Marmor rutschen. Mit saurer Miene. Es handelte sich um die Pfarrei des von Rom exkommunizierten Erzbischofs Lefebvre. Der Mann ist tot, aber die Vergangenheit ist quicklebendig: Tagtäglich werden dort noch lateinische Messen zelebriert. Angeblich geht hauptsächlich der konservative Adel da zur Kirche. »Aber wenn Sie die ganz schlimmen Frömmler sehen wollen, müssen Sie in die Chapelle Expiatoire«, sagte der Bademeister.

Nix wie hin, auch das gehört zu meinem Einbürgerungskurs: Man soll alle Gefühle erkunden.

Dreimal fand ich die Türen der Kapelle verschlossen, und jedes Mal inspizierte ich den kleinen Louis-XVI.-Park, der sie umgibt und auf den Proust von seiner Wohnung am Boulevard Haussmann (102) aus geblickt haben muss – kein schwarzberockter Royalist weit und breit. Bis ich beim vierten Anlauf die Türen sperrangelweit offen fand und mich einer Busladung hineinschlurfender Senioren anschloss. Freundliche Menschen, so auf den ersten Blick.

Die Führung begann im Garten. Eine hochgewachsene Frau mit Zopfkrone sprach zu uns. Unsere Blicke folgten ihren Worten. Wir sahen auf den Boden, wo einstmals sechshundert Schweizer Gardisten, die letzten Verteidiger des belagerten Ludwig XVI. und Marie Antoinettes, ihr Grab gefunden hatten. Die Frau kippte noch ein paar Karren voll enthaupteter Aristokraten obendrauf. Verschreckt traten wir einen Schritt beiseite, um besser zu erfassen, *wie* blutgetränkt der Boden unter unseren Füßen war. Unsere Führerin scheute keineswegs vor theatralischen Effekten zurück: »Hier genossen Ludwig XVI. und Marie Antoinette zweiundzwanzig Jahre lang Gastfreundschaft … inmitten ihrer Verteidiger und Bewunderer, denn auch 133 bei den Hochzeitsfeierlichkeiten des Königspaars totgetrampelte Zuschauer liegen hier begraben.« Die Besucher erkannten darin die Hand der Vorsehung. Aber sie wollten trotzdem auch die irdischen Details hören. Wo genau hatte der König gelegen? Und woran konnte man bei der Ausgrabung das königliche Paar erkennen? Die Führerin scharrte mit einem Zweig in der Erde … sie ruhten links in der Ecke, zur Rue d'Anjou hin … Man hatte ihre Gräber mit geheimen Markierungen versehen. Nach der Revolution wurde der überfüllte Friedhof geräumt. Einen Teil davon kaufte ein royalistisch gesinnter Bürger auf.

Wir schlurften zur dahinter liegenden Kapelle, die genau an der Stelle erbaut wurde, wo die königlichen Leichname gelegen hatten, und traten in einen neoklassischen Tempel von beeindruckender Schlichtheit. Über uns prächtige Rosetten, zu unseren Füßen kunstvoller Marmor. Links blickte eine Skulptur des Königs abgeklärt zu einem Engel auf; auf dem Sockel sein mit goldenen Lettern eingraviertes Testament. Rechts die Königin, in ihrer Verzweiflung gestützt von einer Frau, dem Sinnbild des Glaubens. Tragisch, leidend. Die Führerin setzte sich breitbeinig zwischen die beiden Skulpturen und nahm uns mit zurück zu diesem tragischen Tag im Januar …

»In Paris herrschte Totenstille, als Ludwig XVI. zur Guillotine gefahren wurde. Er stand aufrecht in dem Karren, würdevoll auf dem Weg zu seinem Ende. Als er das Schafott bestieg, wirbelten die Trommeln. Der König bat mit einer Handbewegung um Stille, wollte etwas sagen, doch die Henkersknechte stießen ihn nach vorn, zwangen ihn, sein Hemd auszuziehen, aber er wehrte sich. »Mein Volk, ich bin unschuldig«, rief er über das Trommeln hinweg. Die Henkersknechte rissen ihm das Hemd vom Leib, schnitten ihm die Haare ab und banden ihn auf das Fallbrett. Ein Geistlicher kniete sich neben den König und flüsterte ihm ins Ohr: »Sohn Ludwigs des Heiligen, Ihr werdet in den Himmel eingehen.«

Zustimmendes Murmeln der Anwesenden. Und auch ein Schaudern … vor allem, als die Führerin erzählte, wie der König kurz vor dem Fallen des Beils sein Haupt erhob, wodurch ein Teil seines Hinterkopfs und des Kiefers abgespalten wurde. Und dann die arme Marie Antoinette, die man neun Monate später zum Schafott führte. Bei der Fahrt an den Tuilerien vorbei überfielen sie die Erinnerungen: »Meine Tochter, meine Kinder«, weinte sie.

Beim Anblick des Schafotts wich ihr das Blut aus dem Gesicht, ihr Kopf sank auf die Brust, sie fiel in Ohnmacht und wurde reglos auf das Fallbrett gebunden ... »Vermutlich starb sie am Herzschlag«, sagte die Fremdenführerin.

»Die Republikaner haben eine Tote enthauptet«, grollte ein Mann empört. »Die Hunde tranken von ihrem Blut«, sagte eine Frau. »Und den Henker überfiel später die Reue«, wusste eine andere beizusteuern. So wurden noch lange »Erinnerungen« ausgekramt.

Die Männer stützten sich schwer auf ihre mit Wappenplaketten geschmückten Wanderstöcke. Sie wechselten Blicke und schüttelten die Köpfe. Kinnladen zitterten besorgniserregend. Mir zog die Kälte des Marmors in die Schuhsohlen, aber die Frauen hielt das nicht ab, auf ihre nackten Knie zu fallen und vor Marie Antoinette zu beten.

Laut Reiseleiterin folgten sie damit dem Vorbild des spanischen Duc d'Anjou, eines echten Bourbonen und Anführers der *branche légitimiste,* der alljährlich in einer nicht öffentlichen Zeremonie vor diesen Skulpturen zum Gebet auf die Knie sinkt. »Ein der französischen Königswürde angemessener und außerdem noch schöner Mann.« Dem konnten alle Anwesenden nur beipflichten. Beim Verlassen dieses staatlich instand gehaltenen Monuments blätterte ich ein wenig im Gästebuch. Lob über Lob: *»Hommage et regrets pour ce bon roi et cette aimable Reine.« »Vive la Reine!«* Und Kritik: *»La République c'est la Merde.«* Auch Ausländer hinterließen ihre Eindrücke: »Tolle kleine Kirche«, schrieben Anja und Paul aus den Niederlanden.

O & P & Q
LE ONZIÈME, SES PASSAGES ET SES QUERELLES
ORCHESTER, PASSAGEN UND QUERELEN

Ich flanierte wieder einmal durch mein altes Elftes, das Arrondissement, wo ich mich schon dreimal eingemietet hatte. Wie ist es dort inzwischen aufgeräumt! Zu »meiner« Zeit – vor dem Bau der neuen Opéra – wimmelte es nur so in den Gassen und Passagen hinter der Bastille: Dort trafen sich Mitglieder von Motorradclubs, Möbelschreiner und Schmiede arbeiteten auf den Trottoirs vor ihren Werkstätten, die Kneipen schienen nie zu schließen, und wohlgenährte Männer und Frauen aus der Auvergne führten dort ihre kleinen Esskneipen. Abends roch es nach Kartoffeln, *cantal vieux* und Blutwurst. In diesem Viertel war immer viel los. Krawall in den Gassen: Raufereien in der Rue de la Roquette und der Rue de Lappe. Halbstarke und Halbwüchsige beim Provozieren der Ordnungshüter. *Les querelles.* Und man selbst bewegte sich vorsichtig zwischen allen – den Kragen hochgeschlagen –, sah sich um und schnupperte die Atmosphäre. Am Bordell vorbei, bewacht von zwei Polizisten, ein verstohlener Blick in die Ganovenbar, wo das Fenster mit Sternen bepflastert war. Dort genehmigte man sich ein Gläschen. Wollte sich zu den Männern setzen, dazugehören, obwohl man doch wusste, dass man dafür viel zu bänglich und bürgerlich war. Man bekam Herzschmerz von den Akkordeonklängen, die aus den dunklen Kneipen strömten. In der Rue de Lappe wurde die *musette* groß und französisch. Italienische Immigranten, die in der Gegend um den Gare de Lyon hängen geblieben waren, hatten sie mitgebracht. Und man ging in Le Balajo mit seinen rosa Wänden und den Sternen an der Decke, wo aufgetakelte Verkäuferinnen aus dem BHV (Bazar de l'Hôtel de Ville) mit Gastarbeitern tanzten. Jive, Tango, Ballroom – jeden Abend ein anderes Orchester. Reich und arm, oben und unten traf sich dort. (Le Balajo gibt es noch. Als ich an einem Sonntagnachmittag vorbeikam, sah ich Damen mit Zuckerwattefrisuren zusammen Walzer und Foxtrott tanzen.)

Tagsüber bummelte man durch die Passagen (Cheval Blanc, Main d'Or, Saint-Bernard, Cour Quellard). Zu »meiner« Zeit roch es dort nach Sägespänen, Blattgold, Leim und Leder – die Gerüche der Möbelschreiner. Rein in eine Gasse, durch ein Tor, und man stand mitten in einer Werkstatt. Stuhlgerippe hingen an den Türpfosten. Schon im vierzehnten Jahrhundert arbeiteten hier die »freien« Handwerker ohne die strengen Regeln einer Gilde (ein von Louis X. verliehenes Privileg, das nur für den Faubourg Saint-

Antoine galt). Dieses Gefühl von Freiheit und Stolz haben die Arbeiter des Elften jahrhundertelang weitergegeben. Hier wohnen Menschen, die sich wenig sagen lassen. Drei Revolutionen begannen im Elften! Der Sturm auf die Bastille am 14. Juli 1789 ging von den Spelunken rechts und links der Rue du Faubourg Saint-Antoine aus. Der dreitägige Aufstand von 1830, die Februarrevolution von 1848, der Aufstand der Commune 1871 … nirgendwo sonst wurden so hohe Barrikaden gebaut wie in den Straßen des Elften. Kein Wunder, dass der Abrissbaron Haussmann das alte Straßennetz mit Säbelhieben zerschlug. Aber seine breiten Boulevards (eine Verballhornung des mittelniederländischen *bolwerc*) konnten dem Charakter der kleine Hinterhöfe und Passagen kaum etwas anhaben. Zudem erwiesen sich die Boulevards als überaus geeignet für Massenumzüge. Bis Ende der Achtzigerjahre verging kein Samstag, an dem nicht eine Gruppe militanter Arbeiter mit Fahnen und Megaphonen zwischen der Place de la Nation, der Place de la République und der Place de la Bastille marschiert wäre. Verrückte Zeit, meine Zeit.

Nun wurde mein altes Viertel durch den Bau der Opéra aufgewertet. Viele der ursprünglichen Bewohner wurden nach den Sanierungen aus ihren teurer gewordenen Wohnungen vertrieben. Yuppies zogen in die Passagen. Da und dort sieht man noch ein Stuhlgerippe in einem Schaufenster hängen. Eine Reliquie. La Rotonde, die Stammkneipe der Motorradfahrer, ist heute ein Loungerestaurant. Auch die Wut ist mit der Zeit gegangen. Auf den Boulevards, wo einst aus Tausenden Männerkehlen die Internationale ertönte, stehen heute dieselben Männer mit denselben wutverzerrten Gesichtern und verteilen Flugblätter für Le Pens Front National.

R
ROTONDE
RAD FAHREN

Die Frau neben mir blätterte in einer griechischen Zeitung, sie trug einen azurblauen Hut, sie las nicht, sie konnte den Blick nicht von mir wenden. Sie nickte zu dem Rad, das ich gerade mühsam an einen Abfalleimer gekettet hatte. »Sie fahren Rad in Paris?« »Wie Sie sehen, Madame.« Ihr graute bei dem Gedanken. »Ist das nicht gefährlich … dieser rasende Kreisverkehr?« Sie konnte es einfach nicht fassen.

»Vor zwanzig Jahren hat man die Radfahrer geschnitten und weggehupt, heute dürfen wir auf den Busspuren fahren«, sagte ich. »Es gibt immer mehr Radwege und eigene Radampeln. Für Paris ist das Rad die Rettung.«

»Aber das tut doch kein Pariser«, sagte sie.

»Weil Rad fahren keinen Status hat. Eine Dreiviertelstunde nach einem Parkplatz suchen, stundenlang im Stau stehen, das macht was her. Rad fahren gilt hier als Sport, Sie müssen sich nur einmal ansehen, wie idiotisch sich die Leute anziehen, mit einem Helm auf dem Kopf und in den grellsten Trikots. Alles wölbt und zeichnet sich ab. Aber man kann auch mit Herrenhosen Rad fahren.«

Sie musterte meine zerknitterten Bügelfalten. »Aber die Auspuffgase und der Gestank!«

»Das eine Jahr, das ich deshalb früher sterbe, habe ich schon x-mal wieder reingeholt, weil ich überall als Erster da bin.«

Wir verabschiedeten uns. Sie ging zur Bushaltestelle, ich zu meinem Rad. Bereits an der ersten Ampel stand ich neben ihrem Bus, sah sie sitzen, die Griechin mit dem blauen Hut, sie hatte einen Fensterplatz auf der Seite zur Straße, und ich klopfte an die Scheibe, sie erschrak, aber als sie mich erkannte, grüßte sie verblüfft. Ihr Bus beschleunigte, doch ich blieb vorn. Der Bus überholte mich, sie winkte mit ihrer Zeitung. Vorbei an den Parkgittern des Luxembourg, weiter Richtung Observatoire. Ein Verkehrsstau, ich klopfte wieder an ihr Fenster. Ein breites Lachen. Sie stachelte mich an. Um den Maréchal Ney herum, vorbei an La Closerie des Lilas, durch fremde Straßen, über mir unbekannte Boulevards. Ich trat wie ein Besessener in die Pedale. Sie stieg aus. Auf dem Trottoir schnitt ich ihr den Weg ab. Sie fächelte mir Kühle zu. Spielte mit meiner Radklingel, unsere Augen suchten nach einer Terrasse. Nach drei Gläsern wollte sie ein Stückchen auf dem Gepäckträger mitfahren. Griechische Kiekser auf der Straße. Wir schafften zwei Kreisel.

Was ich ihr nicht erzählte:
Die Polizei geht streng gegen Gehsteigfahrer oder Faulpelze vor, die in Einbahnstraßen entgegen der Fahrtrichtung unterwegs sind.

Man darf sein Rad nicht im Innenhof eines Museums abstellen, nicht an einem Denkmal, einem Schaufenster oder einem Kiosk. Wie viele Standpauken bekam ich in den ersten Monaten zu hören: »Ici ›en France‹ on ne fait pas ça.« Als mir jedoch einmal das Fahrrad gestohlen wurde und ich diesen Fakt statistik- und versicherungshalber doch kurz der Polizei melden wollte, musste ich mich auf eine speziell Ausländern vorbehaltene Wache begeben. Anderthalb Stunden Aufenthalt – womit ich denn mein Brot verdiente?, was ich in Paris zu suchen hätte? –, ein Verhör, als wäre ich der Bösewicht. Paris, der freundliche Polizeistaat.

S
STATUES
STANDBILDER

Das Baudelaire-Standbild hat Moos auf dem Kopf. Wenn es so weiter wächst, hat der Dichter bald grünes Haar und sieht wieder genauso aus wie in seinen Jahren als junger Mann, als er mit grün gefärbten Locken Paris unsicher machte. Er blickt streng, mein Freund (ja, Freund, denn man entwickelt eine Beziehung zu einem Standbild, wenn man täglich an ihm vorübergeht; nebst seinem Werk liebe ich inzwischen auch ihn als Steinernen). Aber was ist ihm wohl über die Leber gelaufen … Er schaut, als wäre er nicht damit einverstanden, dass man ihn auf einen Rasen im Jardin du Luxembourg gestellt hat. Ihn, der die Natur verabscheute! Nicht nur sein Blick verrät Missbilligung, sie ist ihm auch in den Rücken gestiegen, vielleicht, weil hinter ihm naturalistische Tierskulpturen platziert wurden: ein Rudel Hirsche und ein nubischer Tiger mit Beute. In Stein gemeißelte Tiere fand Baudelaire noch schlimmer als die Natur selbst. Nichts ist stumpfsinniger als das Nachäffen der Wirklichkeit. Natur war in seinen Augen Unkultur. Instinkt. Das Böse. Die Natur lehrt uns nichts als essen, schlafen, sich paaren, unsere Kinder beschützen und kämpfen. Der Terror der Französischen Revolution, *das* ist die Natur. Die Aufgabe des Menschen ist es, sich darüber zu erheben. Durch Veredelung und Vergeistigung, durch Anstrengung und Kunst.

Ich muss oft daran denken, wenn ich morgens an Baudelaire vorübergehe, und dann beruhige ich ihn in Gedanken, denn es gibt keinen unnatürlicheren Park als den Jardin du Luxembourg. Ein Musterbeispiel menschlichen Kontrollzwangs. Tag für Tag geharkt, gestutzt, gezupft, bepflanzt. Ein geometrischer Entwurf, bis auf den Millimeter durchgeplant. Glashäuser, in denen exotische Sämlinge heranreifen, Stecklinge, in strengen Reihen ausgepflanzt. Die Birnen- und Apfelbäume wachsen unter Netzen, und sobald sie Früchte tragen, bekommt jede Birne und jeder Apfel einen Beutel aus weißem Papier verpasst. Zweihundert Sorten werden dort gezüchtet, nummeriert und etikettiert. Dort ist alles sauber und heil, die zweiundzwanzig Bienenvölker leben in lackierten Körben. Zweifellos der am allerbesten gepflegte Park der Welt.

So muss es sein. Das ist Kultur. Auch dem Moos auf dem Kopf von Charles Baudelaire wird kein langes Leben beschieden sein, sogar die Skulpturen werden geschrubbt. Bei sehr starkem Frost hüllt man sie in einen Schilfmantel. Ihn und Verlaine, und Flaubert und Stendhal. George Sand und Sainte-Beuve, Delacroix, und all die anderen, gut hundert Standbilder, die im Park stehen. Welch ein Glück, meinen Tag so kultiviert beginnen zu dürfen.

Eines Morgens, nach einer öffentlichen Vorlesung im Collège de France, wo ich den Kurs »Ägyptische Außenpolitik 2000 Jahre vor Christus« besuchte, einfach so, um meinem Leben einen Sinn zu geben und die Gelegenheit zu nutzen, die mir der französische Staat bietet, mich von den größten Gelehrten unserer Zeit gratis bilden zu lassen, starrte ich, den Kopf angefüllt mit unnützem Wissen (dem schönsten), auf das Standbild von Champollion im Innenhof. Es nieselte, der Himmel war grauer als grau, das gleiche Wetter wie an dem Tag im September 1822, an dem der Ägyptologe der gelehrten Welt kundtat, er habe den Stein von Rosetta entziffert. Um ihn zu ehren, wurde er groß und stolz dargestellt, den linken Fuß auf ein Pharaonenhaupt gestützt. Eine Haltung, die sich der sanftmütige Forscher nie im Leben angemaßt hätte. Das Wetter hatte sich in seine Jacke eingenistet, ein Riss lief über seinen Rücken, die Regentropfen machten sein Gesicht lebendig. Ich legte eine Hand auf seinen Ärmel … der Marmor fühlte sich an wie Samt, befremdlich warm … ich kniff hinein. Champollion scharrte mit dem Schuh über die Nase des Pharao.

M
8 12 14
Madeleine
Madeleine

T

TOILETTES DE LA MADELEINE

TOILETTEN AN DER MADELEINE

Rechts neben den Säulen der Madeleine (der Kirche, wo die Huren Kerzen für Maria Magdalena anzünden) windet sich eine Treppe hinunter zu einem unterirdischen Palast. Hier kann man für einundvierzig Eurocent königlich seine Notdurft verrichten, in Kabinetten aus Mahagoni, umgeben von flirrenden Fliesenmustern. Der Parkettboden ist ein Juwel der Intarsienkunst, die Bleiglasfenster sind Art nouveau, das Kupfer des Schuhputzthrons verspricht höchsten Glanz, und all das wird bewacht von einer feudelschwingenden Matrone. Zu schön zum Pinkeln, eigentlich eher ein Ort, um sich die Nase zu putzen.

MANGO

U & V

URBOPHONIE & LA VIE QUOTIDIENNE

URBANE POLYPHONIE UND VITALITÄT, ALLTÄGLICH

Die Nacht ist immer betrunken. Autotüren, die zu laut ins Schloss fallen, ein lärmender Abschied, zwei streitende Passanten. Alles nur eine Frage der Gewöhnung. Genau wie die Lastwagen, die morgens um fünf angefahren kommen, um Annies Laden zu beliefern: surrende Ladeklappen, rasselndes Eisen, klirrende Flaschen. Die Rädchen von Monsieur Dubois' Karre sagen kurz Guten Tag, Gemurmel … er zieht wieder los, mit seiner ersten Flasche. Danach erneute Stille. Schlaf. Bis ein Mofa die Stille zerschneidet.

Sieben Uhr: Die Stadt gerät in Bewegung. Anlieferung beim Fischhändler um die Ecke, ein Block Stangeneis knallt auf den

Bürgersteig. Das Personal der benachbarten Hotels geht und kommt. Der Weiße von der Tagschicht löst den Schwarzen von der Nachtschicht ab. Und dann die Glocken, Glocken in Klostergärten, Kirchenglocken. Die letzten Wecker des Quartiers.

Neun Uhr: ein helleres Klacken unter meinem Fenster. Stilettos auf dem Weg ins Büro. Fenster auf: Sommers wie winters, fünf Werktage die Woche riecht meine Straße um diese Zeit nach Parfüm.

Zehn Uhr: Schaufensterscheiben putzen, Ladenschwellen schrubben. Gärtner harken im Jardin du Luxembourg die Wege. Straßenfeger lassen Wasser durch die Gossen schießen.

Elf Uhr: *l'heur des manifs,* die Stunde der Proteste. Protestmärsche auf den Boulevards. Zwei-, dreimal die Woche, Zehntausende auf den Beinen; jedes Mal für eine andere Sache. Frauen gegen das Kopftuchverbot. Frauen dafür. Erboste Tabakhändler gegen die Erhöhung der Zigarettenpreise. Streikendes Pflegepersonal. Die Kommunisten klatschen noch immer rhythmisch zu »Der Kampf geht weiter«. Die Autofahrer hupen gegen alles an.

Zwölf Uhr: Austräger bringen Säcke voll Baguettes zu den Restaurants. Die Mittagspause beginnt. Bettler nehmen strategische Stellungen ein. (Früher war zwischen halb eins und halb vier niemand am Arbeitsplatz zu erreichen: Man aß. Heute ist die Unerreichbarkeit auf eine Stunde zusammengeschnurrt. Restaurants passen sich dem neuen Tempo an; junge Leute essen auf der Straße sogar ein Brötchen aus der Hand.)

Halb eins: Verhaltene Stille – *Paris déjeune.* Von halb zwei bis vier Uhr schließen die kleinen Läden. Siesta. Die Kochschule in der Rue l'Abbé-Grégoire reißt die Fenster auf. Bratenduft erfüllt die Straße. Im Jardin Royal packen Kunststudenten ihre Skizzenbücher aus, um den Springbrunnen und die Fassaden mit Bleistift festzuhalten.

Vier Uhr: Die Arbeiter steigen von den Gerüsten. Gedränge auf den Treppen zur Métro. Ein warmer Dunst hängt in der Kleidung der Passanten.

Halb fünf: Verspätete Kundgebung von Umweltschützern gegen die Verpackungsindustrie: »Dégage l'emballage«. Senegalesen mit grünen Besen fegen den Müll weg. Bäcker backen frisches Brot fürs Abendessen. *Le Monde* vom nächsten Tag liegt am Kiosk aus.

Fünf Uhr: Stilettoparade, langsamer als frühmorgens. Die Parfüms haben sich verflüchtigt. Sirenen auf dem Boulevard Raspail: Ein Minister ist in Eile. Motorräder eskortieren ihn. Auf dem Boulevard Montparnasse werden die Austernkörbe vor die Tür gestellt.

Sieben Uhr: Service und Küchenbrigade verkosten das Abendmenü. Sirenen an der Seine: Der Präsident der Republik ist in Eile. Gedränge in den Seitenstraßen, Streit um Parkplätze. Ein schlecht gelaunter, behelmter Schwarzer schiebt Abfallcontainer aus den Läden der Rue de Rennes an den Straßenrand (einer seiner fünf Jobs).

Halb acht: Hufeklappern in der Rue de Sèvres. Sieben Minipferde und drei Esel aus dem Jardin du Luxembourg werden zu ihren Ställen gebracht.

Acht Uhr: Saint-Germain füllt sich. Sitzmenschen beobachten Laufmenschen. Schlangen vor den Kinos. Schlangen vor den Theatern. Die ersten Esser stellen sich an. In die Schlange vor dem Chef de Rang der Brasserie Lipp.

Elf Uhr: Gesättigte Bummler. Die schönen Menschen aus dem Café de Flore ordern ein letztes Glas. Noch Dutzende von Kunden in den Buchhandlungen La Hune und L'Ecume des Pages.

Zwölf Uhr: Taxis stoppen vor dem *Club de rencontre,* direkt neben dem Ruhesitz für Mönche, einem von mehr als sechzig Swingerclubs innerhalb des Périphérique. »Là-bas on partouze«, vertraute mir ein Chauffeur an. Fleischgrabbeltonne für gelangweilte Paare, jede Woche im *Pariscope* angepriesen.

Halb eins: Eine weinende Frau, die irgendwo nicht reinkann. Ein Irrer schreit. Trillerpfeifen auf der Rue de Vaugirard. Gerenne auf der Straße. Ein junger Mann wird mit dem Gesicht an ein Schaufenster gedrückt und abgeführt. Die weinende Frau ist damit nicht einverstanden. Monsieur Dubois' Karrenrädchen. Ein Mann fällt erschöpft aufs Bett: *c'est moi.*

Die betrunkene Nacht.

Der nächste Morgen: Eine Verkäuferin wischt den Abdruck eines Gesichts von ihrer Schaufensterscheibe.

PS: Aber ausgerechnet, als das Ohr noch alles aufnahm, hörte ich mit einem Mal keine Glocken mehr. Ich bemerkte es erst nach etwa zwei Tagen. »Les cloches sont parties pour Rome«, sagte Annie. Die Glocken sind nach Rom gereist ... so will es der Volksmund. In der Karwoche vor Ostern schweigen die Kirchenglocken von Paris (und die Orgeln). Ein offensichtlich protestantischer Kunde setzte noch hinzu: »Ils sonst cloches, ces catholiques.« So lernt man Französisch auf der Straße: *une cloche* ist auch ein Dussel oder Döskopp.

WWW

WORTH PARIS

WAGNER, WORTH UND WEITERE

Wagner hielt drei Jahre lang jeden Mittwochabend Salon in der Rue Newton; er vollendete *Die Meistersinger* am Quai Voltaire; an *Der Fliegende Holländer* arbeitete er in der Rue Jacob, und an allen drei Gebäuden bekam er eine Gedenktafel. Wilde krepierte in einer billigen Absteige in der Rue des Beaux-Arts, sein Zimmer ist heute restauriert (mit ebender Tapete, die man in jedem Zitatenschatz findet: »My wallpaper and I are fighting a duel to the death. One or the other of us has to go.«) Sogar der Duke und die Duchess of Windsor werden von den Grands Cafés rund um die Opéra mit einem nach ihnen benannten *high tea* geehrt. Winston Churchill hat seine Avenue. Dem adeligen Bastard Richard Wallace (von der Wallace Collection in London) wurden – zum Dank für die beim Aufstand der Pariser

Kommune gespendeten Feldhospitäler – an verschiedenen Stellen in der Stadt Trinkwasserbrunnen gewidmet: les Fontaines Wallace. Und so lässt es sich immer weiterflanieren, auch wenn sich das W rarmacht in Paris (und im französischen Wörterbuch).

Dem W, das mir als Kind völlig den Kopf verdrehte, bin ich leider noch nirgendwo begegnet: »Worth Paris«. Ein silberner Name auf einer kleinen blauen Kunstlederschachtel, in der ein kleines rundes nachtblaues Fläschchen steckte: *Dans la nuit.* Nur an hohen Fest- oder Feiertagen wurde der geschliffene Verschluss geöffnet und meine Mutter tupfte sich hinter jedes Ohr einen einzigen Tropfen. *So* roch Paris! Nach Festlichkeiten, schönen Kleidern und einer schmalen Ritze zwischen Brüsten.

Der aus England stammende Charles Worth war in der Blütezeit des *Second Empire* ein wichtiger junger Mann. Kaiserin Eugénie ließ sich von ihm ausstatten, und da sie den Modetrend vorgab, folgten alle ihrem Vorbild. In seiner Tyrannei konnte Worth mit der Kaiserin wetteifern, denn der in den besten Londoner Tuch- und Seidenhäusern ausgebildete Schneider stand gesellschaftlich gesehen den *Nouveaux Riches* am napoleonischen Hof in nichts nach. Er brachte ihnen bei, wie man seine Kleider zu tragen und wie man sich in ihnen zu betragen hatte. In der Geschichtsschreibung gilt Worth offiziell als Begründer der Haute Couture. Er befreite die Frauen aus der Krinoline und arbeitete als Erster mit lebenden Mannequins. Die weltweit erste Modenschau fand in seinem Hause statt: Rue de la Paix Nr. 17 – in der Rue de la Paix verdient man noch immer mit dem Aussehen sein Geld. Doch kein Stein, kein kleines marmornes Dankeschön, nichts, das an ihn erinnerte. Paris bestimmt die Mode, nicht ein Gastarbeiter, der zufällig gut nähen konnte. Ein zu heikles Thema. Genau wie

Waterloo, das andere W, an das Paris, und mit ihm ganz Frankreich, am liebsten nicht erinnert wird.

Tagelang habe ich nach einem Flakon *Dans la nuit* gesucht, um noch einmal an meinem Damals zu schnuppern. Es muss es noch geben, aber keine Verkäuferin hatte je von Worth gehört. Als ich meiner Mutter am Telefon von meinen fruchtlosen Bemühungen erzählte, sagte sie: »Ich habe mir immer einen kleinen Rest aufgehoben.« Für ihre letzte Reise. *Dans la nuit* geht mit ihr ins Grab.

Porte de
Clignancourt
04
07
CITÉ

XXL … XL … X

Die Franzosen sind die am wenigsten fetten Menschen Europas, und die Pariser werden am ältesten« – das berichtete Agence France-Presse in *The Jakarta Post* im September 2003. (Paris macht überall Schlagzeilen.) Mir erscheint es unwahrscheinlich für eine Stadt, in der die Luft in der Métro nach offiziellen Messungen sauberer ist als oberirdisch, aber wen ich auch frage, keiner will den Zeitungsartikel infrage stellen. Der eine schreibt es den gallischen Nerven zu oder dem notwendigen Fasten nach der alljährlichen Leberkrise. Andere führen den Fettlöser Knoblauch ins Feld oder das ausgedehnte warme Mittagessen und die leichte Abendmahlzeit – die hier noch immer gang und gäbe sind –, sodass man den schwersten Teil bereits während der Arbeit verdaut und nicht erst abends, wenn man faul auf dem Sofa liegt. Auch das Rennen und Treppensteigen in der Métro soll jährlich einige Kilo kosten. Doch das wichtigste Argument sind die kleinen Portionen, die man überall bekommt, selbst der Chinese mit seinem Außer-Haus-Verkauf füllt den Reis in Minibehälter. Auch die Supermärkte verkaufen kleinere Portionen als irgendwo sonst in Europa. Die Rezepte in den Kochbüchern könnte man fast knickerig nennen. Auf der Straße wird auffällig wenig gegessen (in den Bahnhöfen riecht es nicht nach Frittenfett). Und bei Tisch isst man von allem ein wenig: Käse und Süßes, auch die Desserts sind klein. Zudem trinkt der kultivierte Städter stets maßvoll.

Wahr oder nicht wahr. Paris spuckt gern große Töne: In der Metropole isst man am besten und gesündesten. Ich jedenfalls habe in einem halben Jahr zwölf Kilo abgenommen – von Größe XXL auf XL. Ehrlich gesagt wurde ich dazu von einem vietnamesischen Arzt getrieben, bei dem ich Linderung für meinen Rücken suchte, nachdem ich einen Koffer voller Bücher die Treppe hinaufgeschleppt hatte. Der Schmerz überfiel mich im August, als so gut wie kein Arzt in Paris zu finden war. Schließlich suchte ich einen Kinästhetiker aus dem Branchenverzeichnis heraus. Als ich dann lahm auf seinem Behandlungstisch lag, stellte sich heraus, dass er Akupunkteur war, eine Sache, von der ich bis dahin nicht allzu viel hielt, doch o Wunder, es half. Nach einer Nadelsitzung war der schlimmste Schmerz verschwunden, aber damit war ich den Arzt noch nicht los: Ich musste wiederkommen, und ich musste abnehmen. In der nächsten Sitzung bearbeitete er meinen Wanst wie ein Nadelkissen. Und verflixt, ich hatte weniger Hunger. Bei den folgenden Behandlungen benahm sich Doktor X – wie ich ihn einmal nennen möchte – immer befremdlicher. Er schnauzte mich an, ließ mich ohne Entschuldigung eine Stunde lang im Wartezimmer schmoren, und als ich sein Französisch nicht verstand, weigerte er sich, etwas zu erklären; er schimpfte mich auch gern aus, wenn ich nach seiner Meinung zu wenig abgenommen hatte. Kleinlaut verließ ich jedes Mal sein Wartezimmer mit dem festen Vorsatz, niemals wiederzukommen, bis ich dann zu Hause abermals auf der Waage stand und mir aus Rache besonders große

Mühe gab, in der Hoffnung auf ein nettes Wort bei der nächsten Konsultation. Aber Dr. X schnauzte weiter, und stach immer fester und gemeiner zu. Ich war bereits zehn Kilo losgeworden, als ich nach meiner wöchentlichen Stechpartie in Annies Laden kam und sie erschrocken auf meinen Kopf deutete ... von dort sickerte ein Rinnsal Blut über meine Schläfe. Oben auf meinem Schädel vibrierte eine Nadel.

Da beschloss ich, mich von nun an aus eigener Kraft zusammenzunehmen und wie ein Pariser zu essen und zu trinken: Von allem ein wenig, und noch weniger – in der Hoffnung, ein weiteres X aus meinen Etiketten verbannen zu können.

PS: Der Traiteur gibt die abgelaufenen Sushis Monsieur Dubois. Der isst sie mit Stäbchen.

Y
ET LES YEUX DANS LES YEUX ET LA MAIN DANS LA MAIN*

Paris ist den Verliebten gnädig gesinnt. Küsse auf offener Straße lassen die Passanten lächeln. Wenn Wachmänner und Polizisten kurz vor Schließungszeit letzte Besucher aus den Parks herauspfeifen, wird dem einsamen Spaziergänger, der sich zu viel Zeit lässt, ein Rüffel verpasst, doch das allerletzte Pärchen, das noch aus dem Rhododendron hervorkriecht, kommt mit einem verständnisvollen Lächeln davon. (Mit eigenen Augen gesehen, denn der Spaziergänger war ich.) Verliebte Pärchen dürfen sich in einem brechend vollen Straßencafé stundenlang an einem einzigen Kaffee festhalten. Wenn in der blauen Stunde vor dem Abendessen die Liebhaber wie aus Françoise Sagans Romanen mit ihren Sportwagen und Cabrios ausfahren und für ihre Eroberungen im Halteverbot stehen bleiben, können sie auf das Verständnis

* Liedzeile aus dem Chanson *Tous les garçons et les filles* von Françoise Hardy.

der Verkehrspolizei rechnen. An der Ampel sich Küssende werden nicht weggehupt – freie Bahn für die Liebe. Nirgendwo auf der Welt wird auf der Straße so viel geflirtet wie in Paris.

Vor allem in meinem Viertel ist das stark ausgeprägt. Hier mustern mich die attraktivsten Frauen prüfend, und gelegentlich werde ich mit gekräuselten Lippen für gut befunden … von über sechzigjährigen Frauen, von Damen in Chanel, das allerdings … Anfangs wusste ich nicht, wie mir geschah; steht irgendwas offen, hab ich mich bekleckert? Doch hinter mir hielten die flirtenden Damen erneut, als ob nichts geschehen wäre, Ausschau nach dem nächsten Mann. Das beruhigte mich mehr, als dass es mich enttäuscht hätte: Es ist ja nur ein Spiel. Dass mir das vorher in anderen Arrondissements noch nie so sehr aufgefallen war, mag an den vielen Nonnen liegen, die hier bleich von einer Kapelle zur nächsten huschen. Ihre Keuschheit wirkt provozierend, ihr hochgeschlossenes Grau weckt ein Verlangen nach Nacktheit, ihr verkniffener Mund nach einem herausfordernden Lächeln – auch ich kann neben so viel Gottesfurcht meine Gottlosigkeit kaum im Zaum halten.

Hat man erst einmal einen Sinn dafür, dann sieht man ihn überall: den suchenden, den Trüffelblick. Augen ziehen Augen an und Schenkel Schenkel. (Außer in der Métro, dort verstecken sich die Leute hinter Büchern und Zeitungen oder sie starren in ein unsichtbares Nichts – auf der Hut.)

Sieht man ihn nicht am lebenden Objekt, dann erinnert eben ein Stein an ihn. Auch Ehebruch gehört zum kulturellen Erbe von Paris. Berühmte königliche Liebesnester und Herrenhäuser berühmter Maitressen bekommen *sans gêne* eine Gedenktafel an die Fassade. Die Konservenstimme aus dem Touristenbus, der am

Reiterstandbild Henri IV. vorbeifährt, überschlägt sich fast, wenn die Potenz dieses Königs gerühmt wird: mehr als siebzig uneheliche Kinder!

Auf einer meiner Radtouren um den Buttes-Chaumont bekam ich einen Hinweis auf ein Gemälde im Hochzeitssaal des neunzehnten Arrondissements: *Le Mariage civil* von Henri Gervex. Ein Gemälde, das zur Zivilehe aufruft. Man wird den jungen Bräuten vermutlich nicht auch noch erzählt haben, dass die Dargestellte eine berühmte Kurtisane von Rang und Namen war, Louise Delabigne, die in ihrem Fach erst Karriere machte, nachdem sie als Valtesse (kurz für: *votre altesse* – Ihre Hoheit) de la Bigne wiedergeboren worden war. Offenbach lief ihr wie ein verliebter Gockel hinterher, Manet, Courbet und Boudin malten sie und beteten sie an, und Zola – wenn es um die Beschreibung der Ränder der Gesellschaft ging, der Jan Cremer seiner Generation – porträtierte sie und ihr Bett in seinem Roman *Nana*. »Nana träumte von einem Bett, das nicht existierte, von einem Throne, einem Altar, zu dem ganz Paris pilgern sollte, um ihre alles beherrschende Nacktheit anzubeten. Das Bett sollte ganz aus getriebenem Gold und Silber gefertigt werden, wie ein großes Schmuckstück …«

Obwohl Nana ihrem Schöpfer zufolge »den Geschmack eines Wellensittichs« besaß, war das Bett der Valtesse, das schon zu ihren Lebzeiten fünfzigtausend Francs gekostet hatte, doch bemerkenswert genug, um nach ihrem Tod im Musée des Arts décoratifs ausgestellt zu werden. Dieses Bett hätte ich gern einmal gesehen … aber keine Menschenseele im Museum konnte sich daran erinnern; die Sammelobjekte des Hauses stehen schon seit Jahren im Keller. Nach zwei Nachmittagen des Bittens und Beschwörens fand man doch noch eine alte Aufnahme. Die Hälfte der Mitarbeiter sah mir dabei über die Schulter: In dieses Bett also war das gesamte gräfliche Paris gestiegen. Eine monumentale Konstruktion aus Messing, auf einem dreistufigen Podest, eingehüllt in himmelblauen Seidensamt und mit einem gewaltigen Wappen über dem Kopfkissen.

Romantik? Hedonismus? Kühl deinen Kopf in einem dieser phantastischen Läden von Picard, dem König der Tiefkühlkost, und wandere durch die futuristische Kulisse aus weißen Truhen unter riesig vergrößerten Fotos von Gemüse und Fleisch, bleib stehen, wo am meisten Betrieb ist, bei den kleinen Portionen. Mach dir bewusst, wie viele Scheidungen es in Paris gibt, wie viele Alleinerziehende und Junggesellen hier leben. Schau dir nur die Kunden und ihre Unschlüssigkeit an … Baguette für eine Person oder Baguette für zwei … eine ganze oder eine halbe Forelle. Vereinsamte über den Frostschwaden. Und selbst dort flirten sie noch eiskalt.

Die Lebensmittelabteilung der Galeries Lafayette stellt Kunden auf Freiersfüßen malvenfarbene Körbchen zur Verfügung, quasi als Erkennungszeichen für Kontaktsuchende – nur donnerstagabends.

Willem Frederik Hermans hatte recht: Paris ist die sündigste Hauptstadt aller Zeiten.

Z & A
ZINC & AUTRES CHOSES …
ZINK UND ANDERES

Die Zinkhaut meines Dachs passt sich allen Jahreszeiten an. Im Sommer schluckt sie die Hitze und im Winter die Kälte. Sie trommelt mit dem Regen, sie heult mit dem Wind. Monsieur Dubois wird vom Viertel in Decken gewickelt, aber die Nonnen gehen noch immer barfuß in ihren Sandalen – sie hören nicht auf zu provozieren. Die Straßencafés sind abgebaut, bei Annie stehen immer weniger Kisten vor der Tür, der Plausch wird vom Trottoir nach drinnen verlegt. Auch die Kälte verbrüdert, obwohl mich mein Nachbar von oben nach einem Dreivierteljahr noch immer mit »Alles gut?« begrüßt.

Es ist gut, eine Weile in einer anderen Kultur zu leben, um eine andere Art des Denkens kennenzulernen. Ich habe mich in ein neues Alphabet gestürzt und liebe Paris jetzt noch mehr als zuvor, aber will ich wirklich in dieser Stadt ein neues Leben beginnen? Warum habe ich zu den Menschen, die ich mag, den Kontakt abgebrochen? Mir fehlt ihre Freundschaft, und mir fehlt auch die Natur.

Mein Dachfensterblick wird immer grauer. Der Frost lässt das Zink verblassen, Dach und Himmel scheinen eins zu werden. Vor meinem Fenster tummeln sich die Möwen – Möwen, die nach der Wärme von Menschen suchen. Wenn ich das Fenster öffne, um sie zu füttern – und damit auch den Autolärm einlasse –, höre ich das Meer. Ich rieche es ... allerdings kommt der Geruch vermutlich vom Fischhändler. Fern der Natur, stehe ich hier öfter am Fenster als je zuvor. Der zwischen Regenrinnen und Schornsteinen eingezwängte Himmel lässt mich die Wolken genauer betrachten, intensiver als früher in den Dünen. Im Park beobachte ich jeden aufsprießenden Halm. (Ich habe sogar schon einmal nach meiner am Quai aux Fleurs gepflanzten Blumenzwiebel geschaut – sie reckt ein grünes Köpfchen empor.) Kann ich wirklich in dieser Steinlandschaft Wurzeln schlagen? Mir fehlt das Meer, die leere, sich ständig wandelnde Landschaft meiner Kindheit. »On regarde Paris, quand on regarde l'océan«, schrieb Victor Hugo auf Guernsey, in der Verbannung. Ich sehe das Meer, wenn ich über Paris schaue. Vielleicht möchte ich immer dort sein, wo ich nicht bin. Ich sollte noch ein paar Jährchen bleiben.

PS: Monsieur Dubois ist verschwunden, schon seit Dreikönig.

Bibliographische Hinweise

Für dieses ABC habe ich Dutzende Reiseführer und literarische Quellen zurate gezogen. Am meisten habe ich von den zwanzig Stadtführern (für jedes Arrondissement einen), den *Guides du Promeneur* (Éditions Parigramme), und den *Vie et Histoire*-Führern der Editions Hervas profitiert. Da und dort lehne ich mich stark an Thirza Vallois' gründliche historische Untersuchung *Around and About Paris* (Iliad Books, London, drei Bände). Auch Eric Hazans *L'invention de Paris* (Seuil) [*Die Erfindung von Paris – Kein Schritt ist vergebens.* Dt. von Karin Uttendörfer und Michael Müller, Zürich, Ammann 2006] war eine interessante Quelle. Viel erfahren habe ich auch aus *Histoire et Dictionnaire de Paris* von Alfred Fierro (Laffont), aus allen *Guides Bleues* [dt.: *Die Blauen Führer*] zu Literatur, Museen und historischen Fakten über Paris und aus Walter Benjamins *Passagen-Werk.* [In: Walter Benjamin, *Gesammelte Schriften.* Suhrkamp, Frankfurt am Main 1972–1999.] Nicht zuletzt danke ich Daniel Cunin für seine Hinweise.

Zu den Fotografien

Für Leser, die auf den Spuren dieses Buches durch Paris flanieren möchten, hier die Angaben, soweit sie Sinn ergeben:

Seite 10/11: in der Nähe der Pont Saint-Michel
12: die Passage Saint-Roch
18: ein Antiquitätengeschäft im 6. Arrondissement
46: im Jardin des Plantes
52/54: auf dem Hundefriedhof von Asnières-sur-Seine
56: Stoffhandel bei Barbès-Rochechouart
62: auf dem Friedhof Père Lachaise
72: die Bir-Hakeim Brücke
80: Métro-Station »Madeleine«
90: Métro-Station »Cité«
94: im Jardin du Luxembourg
102/103: die Rue Bejamin-Franklin

Die Bilder verdanken wir folgenden Fotografen und Bildagenturen:

Alexander Mertsch: S. 10/11, 12, 18, 30, 46, 52, 54, 62, 68, 82, 90, 102/103
Mauritius Images: S. 4/5, 72, 80, 94
Atlantismedia: S. 56
Fotolia: S. 76
H. Jelen: S. 2/3

CORSO 14
ADRIAAN VAN DIS
UNTER DEN DÄCHERN AUS ZINK

1. AUFLAGE IM AUGUST 2011

GAUSSSTRASSE 124–126, 22765 HAMBURG
UND MARLENE MÜLLER-HAAS

ONDER HET ZINK. UN ABÉCÉDAIRE DE PARIS

THE ORIGINAL DUTCH EDITION WAS PUBLISHED
IN 2004 BY THE CPNB FOUNDATION
(AMSTERDAM) ON THE OCCASION OF THE DUTCH BOOK WEEK

AUSSTATTUNG / GESTALTUNG:
GROOTHUIS, LOHFERT, CONSORTEN | GLCONS.DE
GESETZT AUS DER FAIRFIELD
LITHOGRAFIE: EDELWEISS PUBLISH, HAMBURG
GEDRUCKT AUF SCHLEIPEN FLY DURCH GUTENBERG BEUYS, HANNOVER
UND GEBUNDEN VON INTEGRALIS, HANNOVER

ISBN 978-3-86260-027-4

MEHR ÜBER IDEEN, AUTOREN UND PROGRAMM DES VERLAGES
FINDEN SIE AUF
WWW.CORSO-WILLKOMMEN.DE

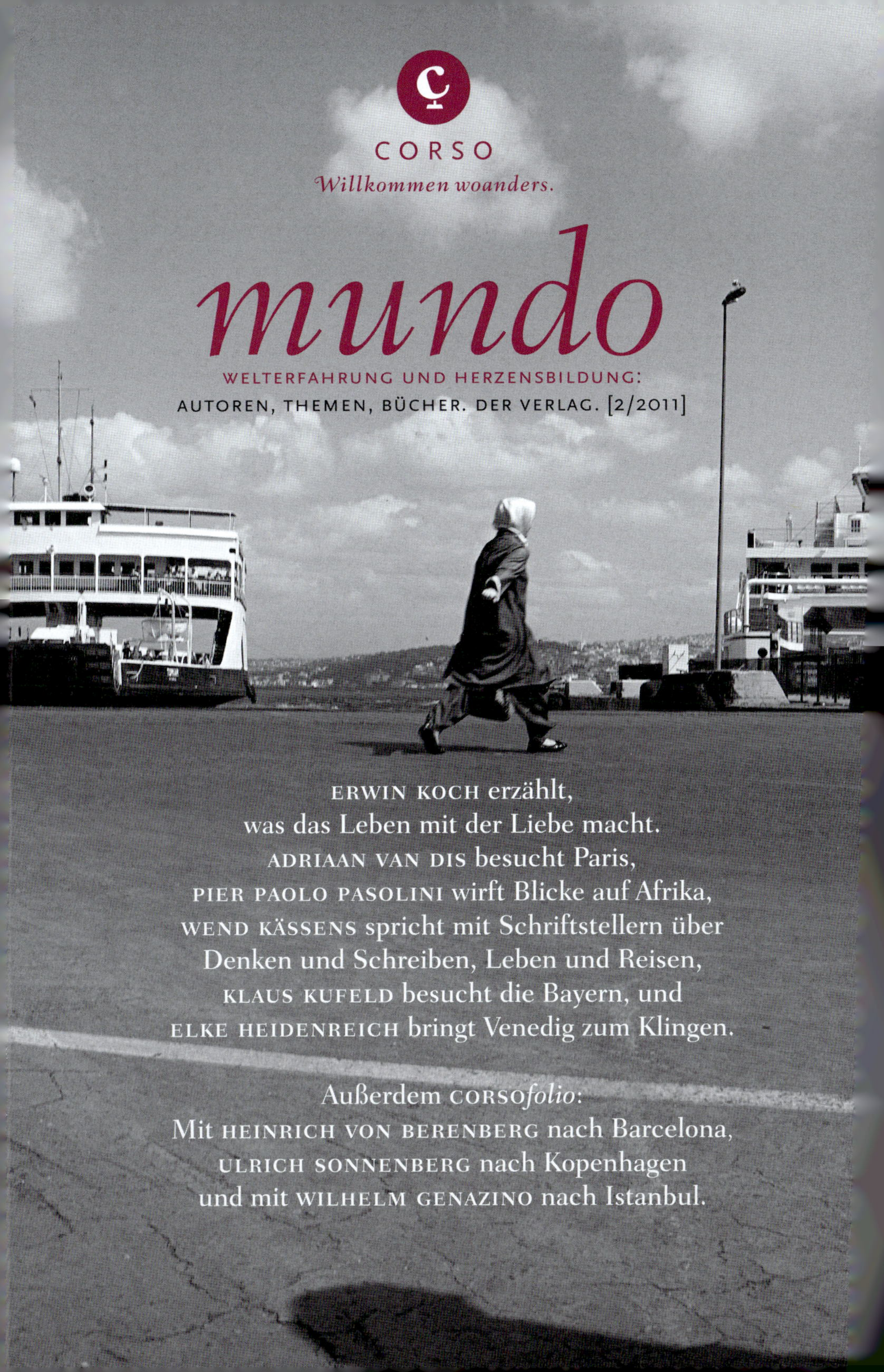
CORSO
Willkommen woanders.
mundo
WELTERFAHRUNG UND HERZENSBILDUNG:
AUTOREN, THEMEN, BÜCHER. DER VERLAG. [2/2011]
ERWIN KOCH erzählt,
was das Leben mit der Liebe macht.
ADRIAAN VAN DIS besucht Paris,
PIER PAOLO PASOLINI wirft Blicke auf Afrika,
WEND KÄSSENS spricht mit Schriftstellern über
Denken und Schreiben, Leben und Reisen,
KLAUS KUFELD besucht die Bayern, und
ELKE HEIDENREICH bringt Venedig zum Klingen.
Außerdem CORSO*folio*:
Mit HEINRICH VON BERENBERG nach Barcelona,
ULRICH SONNENBERG nach Kopenhagen
und mit WILHELM GENAZINO nach Istanbul.

Liebe Lesende, Reisende, Neugierige, Denkende, Seh- und Sehnsüchtige: *Welterfahrung und Herzensbildung* – das dritte Programm.

ERWIN KOCH hat uns seine furiosen Geschichten über die Liebe und das Leben anvertraut – diese wahren Geschichten, geschrieben auf der Grundlage von Begegnungen mit jenen Menschen, von deren Leben und Schicksal dieses Buch erzählt – sei es in Österreich, der Schweiz, Ossetien, Moldawien oder Guatemala.

Das Buch über Venedig als Stadt der Musik – ELKE HEIDENREICH hat es für uns geschrieben: reich bebildert mit Fotografien von Tom Krausz, ist ein einfühlsames und persönliches Buch über die Stadt im Meer entstanden.

Mit ADRIAAN VAN DIS geht es unter die Pariser Dächer aus Zink; mit KLAUS KUFELD nach Bayern; Sie können sich auf die Suche machen nach *Sehnsuchtsorten* und *Über Gänge,* PIER PAOLO PASOLINI wirft überraschende Blicke auf Afrika.
Und: *Das Große geschieht so schlicht* – zehn Schriftstellerinnen und Schriftsteller in Gesprächen mit WEND KÄSSENS über Leben, Denken, Schreiben, Reisen.

Und unser Magazin CORSO*folio*, viel gelobt und gepriesen, mit dem ITB-Award als »Literarisches Reisebuch« ausgezeichnet, begibt sich mit HEINRICH VON BERENBERG als Gastgeber zunächst nach Barcelona, um über Kopenhagen (mit ULRICH SONNENBERG) dann, mit WILHELM GENAZINO, in Istanbul Station zu machen.

Empfehlen Sie bitte diesen Verlag,
lesen und verschenken Sie unsere Bücher.
Sie finden uns im Internet unter www.corso-willkommen.de – dort finden Sie auch zahlreiche Veranstaltungstermine:
Willkommen bei CORSO – *willkommen woanders.*

Herzlich,
Ihr Rainer Groothuis

Was macht das Le

Was Ferdinand von Schirach für die Kriminalwelt ist, ist Erwin Koch für den Rest des Lebens: der »Protokollant«.

Erwin Koch erzählt wahre Geschichten von dem, was die Liebe aushalten muss, wenn sie vom Leben gefordert ist: Was wird aus ihr, der Liebe, wenn sie vom Schicksal bedrängt wird, von Armut, Alter, Krankheit, Behinderung? Was wird, wenn der Schein trügt?

Die Geschichten zeigen die polarisierende Kraft von Literatur: Dem einen mögen sie traurig scheinen, der anderen scheinen sie großartig – aber niemanden lassen sie gleichgültig. Denn dieses Buch entwickelt seine Wucht auch aus seiner Sprache, die ihre Klasse aus der Nüchternheit gewinnt. Und gerade damit den Leser zum Mitfühlenden macht.

»Kein Reporter schreibt so über die Liebe wie Erwin Koch.« DIE ZEIT

ERWIN KOCH
Was das Leben mit der Liebe macht
Wahre Geschichten

CORSO 13
Hardcover mit Schutzumschlag,
Fadenheftung, 136 Seiten.
Format 17 × 24 cm, zweifarbiger Druck.
€ [D] 19,90 | € [A] 20,60 | sFr. 30.50
ISBN 978-3-86260-024-3
erscheint im August 2011

ben mit der Liebe?

Schreiben, Denken, Leben. Eine Reise.

Für BRIGITTE KRONAUER sind Meer und Wald – ist die Natur die Kraftquelle, die sie für ihre literarische Arbeit braucht, sie sieht die Kunst mit der Natur im Bunde; PETER KURZECK erzählt sich und uns immer neu und minutiös sein Zeitalter, in dem sein Leben (mit Herman Melville gesprochen) eine Reise ist, die heimwärts führt. Und INGO SCHULZE sieht in den Künsten ein gemeinsames Projekt mit zahlreichen Verbindungen …

Künstlerleben, literarische Arbeit und Welterfahrung sind nicht voneinander zu trennen.

Zehn Autorinnen und Autoren geben Einblicke in ihr Verständnis von Leben und Schreiben: Über das Glück und die Faszination des Schreibens, Dichtens, Unterwegsseins. Und über das Denken hinter dem Schreiben, über Gelingen und Scheitern.

Das Große geschieht so schlicht
Unterwegs im Leben und Schreiben
Brigitte Kronauer, Peter Kurzeck, Katja Lange-Müller, Clemens Meyer, Hanns-Josef Ortheil, Ingo Schulze, Tankred Dorst, Wolf Wondratschek, Feridun Zaimoglu und Juli Zeh im Gespräch mit Wend Kässens

CORSO 16
Hardcover mit Schutzumschlag, Fadenheftung, ca. 176 Seiten mit vielen Fotografien.
Format 17 × 24 cm, vierfarbiger Druck.
ca. € [D] 26,90 | € [A] 27,80 | sFr. 39.90
ISBN 978-3-86260-028-1
erscheint im September 2011

Paris, mon amour!

Adriaan van Dis – der mit seinen Romanen bei Hanser auch dem deutschsprachigen Publikum bekannt geworden ist – wandert durch die Stadt und berichtet von einem Paris jenseits der touristischen Schablonen.

Von Möwenflug und Wolkenbildern an weiten Pariser Himmeln, von fragwürdigen Liebesdiensten an bestimmten Ecken, vom Rausch des Frühjahrs und des Sommers an der Seine erzählt das Buch – nach Stichworten geordnet.

Aber auch von Einsamkeit und Unbehaustsein in der Metropole. Empört betrachtet Adriaan van Dis auch die Lebensverhältnisse in den Vororten … und er beobachtet voll schamhafter Neugier Monsieur Dubois, den Clochard und Nachbarn, der auf seiner Straße wohnt.

ADRIAAN VAN DIS
Unter den Dächern aus Zink.
Paris, ein ABéCédaire
Aus dem Holländischen von Marlene Müller-Haas

CORSO 14
Hardcover mit Schutzumschlag, Fadenheftung,
96 Seiten mit vielen Fotografien.
Format 17×24 cm, Druck in Duotone.
€ [D] 19,90 | € [A] 20,60 | sFr. 30.50
ISBN 978-3-86260-027-4
erscheint im August 2011

»Pier Paolo Pasolini b

sagte Maike Albath kürzlich in der *Neuen Zürcher Zeitung* – diesem Faszinosum bleiben wir auch mit dem dritten Band unserer *Pasolini-Renaissance-Ausgabe* auf der Spur.

Nach *Rom, andere Stadt* und *Reisen in 1001 Nacht* begibt sich *Afrika, letzte Hoffnung* in den vergessenen Kontinent.

»Afrika ist das Anderswo, mit dem sich die Moderne versöhnen muss«: PPP schwärmte von Afrika – den dort erhaltenen Kulturen, Ritualen … Er sah Afrika als Fortsetzung Italiens, träumte von einem Kontinuum der bäuerlichen Welt und begeisterte sich für die »Morgensonne der Freiheit nach dem Kolonialismus«.

Wie immer, auch diesmal: Sorgfältig komponiert und zum ersten Mal ins Deutsche übersetzt.

PIER PAOLO PASOLINI
Afrika, letzte Hoffnung
Herausgegeben von Peter Kammerer,
mit vielen Fotografien von Didier Ruef
Aus dem Italienischen von Annette Kopetzki
und Dorothea Dieckmann

CORSO 15
Hardcover mit Schutzumschlag, Fadenheftung,
ca. 128 Seiten mit vielen Fotografien.
Format 17 × 24 cm, Druck in Duotone.
€ [D] 24,90 | € [A] 25,70 | sFr. 37.90
ISBN 978-3-86260-032-8
erscheint im September 2011

eibt ein Faszinosum«,

Rom, andere Stadt
Geschichten und Gedichte
Herausgegeben und übersetzt von Annette Kopetzki und Theresia Prammer. Mit Bildern von Herbert List und einem Nachwort von Dorothea Dieckmann
€ [D] 24,90 | € [A] 25,70 | sFr. 37.90
ISBN 978-3-86260-001-4

Wann immer sich mir die Gelegenheit bietet, sage ich, dass Rom die schönste Stadt der Welt ist. Roms Schönheit ist natürlich ein Geheimnis: Wir können zwar den Barock nennen; die Atmosphäre der Stadt; ihr ganz aus den Senken und Hügeln bestehendes Territorium, durch das immer wieder unerwartete Ausblicke entstehen; den Tiber, der sich durch die Stadt schlängelt und in ihrer Mitte wunderbar luftige Räume öffnet; und vor allem die Schichtung unterschiedlicher Stile, die hinter jeder Straßenecke mit dem Anblick eines neues Querschnitts aufwartet – dieses Übermaß an Schönheit ist nahezu dramatisch.«

PIER PAOLO PASOLINI

»… Gedichte, Geschichten, Interviews und Auszüge aus Tagebüchern sind in dem Buch zu finden. Zusammen mit den Schwarz-Weiß-Fotografien von Herbert List fügen sie sich zu einem großartigen Rom-Porträt der Fünfzigerjahre.«

CORNELIA WOLTER, Frankfurter Rundschau

Reisen in 1001 Nacht
Herausgegeben von Peter Kammerer und übersetzt von Annette Kopetzki und Dorothea Dieckmann. Mit Fotografien von Roberto Villa und einem Nachwort von Dacia Maraini
€ [D] 24,90 | € [A] 25,70 | sFr. 37.90
ISBN 978-3-86260-013-7

Das Leben ist ›natürliches und lebendiges‹ Kino. Kein Ding ohne Bedeutung. Und er, Pasolini, entziffert die Sprache der Wirklichkeit und schneidet aus deren Materialfülle seinen eigenen Film: Darstellung der Wirklichkeit durch die Wirklichkeit. Sein Blick entdeckt die den Körpern, Landschaften und kleinsten Handlungen eingeschriebene Geschichte.« PETER KAMMERER

»So lernen wir in diesem leichten und mit Fotografien von Roberto Villa so schön aufgemachten Buch einen eher privaten Pasolini kennen, der auch hier auf der Suche nach der Kraft der Vergangenheit ist – nach früheren Lebensumständen, ohne die es für ihn keine Zukunft geben kann.«

HENNING KLÜVER, NDR

PIER PAOLO PASOLINI,
Schriftsteller, Filmregisseur, Publizist, geboren 1922 in Bologna, ermordet 1975 in Ostia unter bis heute ungeklärten Umständen.

Foto: Roberto Villa

»Eine Komposition arabischer Noten und balkanischer Klänge, dazu Griechisches …«

NICHI VENDOLA ÜBER APULIEN

Am untersten Ende der Adriaküste Italiens zieht sich vom Stiefelsporn bis hinunter in den Absatz ein Landstrich, der selbst Italienkennern häufig unbekannt ist: Apulien. Ein Landstrich, der geprägt ist von den unterschiedlichsten Kultureinflüssen.

In verschiedenen Porträts stellt Katja Büllmann Land und Leute vor, den Präsidenten der Region beispielsweise, oder einen Fischer, eine alte Frau, die alles Übel wegbetet, und einen Floristen, für den der Olivenbaum der Inbegriff Apuliens ist. Auch mit dem berühmten Mafia-Jäger und Krimi-Autor Gianrico Carofiglio hat sie über seine Heimat gesprochen.

Begleitet werden ihre Porträts von Bildern des vielfach ausgezeichneten Fotografen Giovanni Troilo.

KATJA BÜLLMANN
Apulien
Typen, Träumer, Lebenskünstler:
Land und Menschen an einem Rande Europas
Mit vielen Fotografien von Giovanni Troilo

CORSO 10
Hardcover mit Schutzumschlag, Fadenheftung,
ca. 128 Seiten mit vielen Fotografien.
Format 17×24 cm, vierfarbiger Druck.
ca. € [D] 22,90 | € [A] 23,60 | sFr. 34.90
ISBN 978-3-86260-012-0
erscheint im September 2011

Ach, ihr Bayern!

Klaus Kufeld – der mit *Reisen, Ansichten und Einsichten* ein großartiges Buch über Welterfahrung in unseren Zeiten geschrieben hat – unternimmt einen gründelnden Anlauf, die Mentalität der Münchner und der Bayern zu verstehen.

Ein weitgereister Bayer über die kleinen und großen Welten seiner Heimat: Heiter, ironisch *und* liebevoll widmet er sich den Phänomenen einer Kultur, die von »Nordlichtern«, von Preußen, Sachsen und anderen Stämmen mal belächelt, viel beneidet wird, vom Rest der Welt sowieso.

Woher der bayerische, gern derbe Humor? Woher die wirtschaftliche Energie dieser südlichen Region? Woher die Gastfreundschaft und zugleich Skepsis gegenüber dem Fremden? Wie wurden die bayerischen Könige und das Oktoberfest zum Mythos? Was unterscheidet den Stadtbayern vom Landbayern? Was ist das Geheimnis, Heimat und Hightech zu verbinden? Was macht sie aus, die Erotik des bayerischen Dialekts? Kunst und Bier – wie geht das zusammen?

KLAUS KUFELD

Mir san mir –
München, Bayern und der Rest der Welt

CORSO 17
Hardcover mit Schutzumschlag, Fadenheftung,
ca. 144 Seiten mit vielen Bildern.
Format 17×24 cm, vierfarbiger Druck.
ca. € [D] 19,90 | € [A] 20,60 | sFr. 30.50
ISBN 978-3-86260-029-8
erscheint im Oktober 2011

DIE ZEIT

Wo ist die Sehnsucht zu Hause?

Heutzutage stillt die Reiseindustrie unser Fernweh, lange bevor es wehtun könnte. Neun Autoren wollten wissen, ob es sie noch gibt, die Sehnsuchtsorte.

Sehnsuchtsorte
Von der Südsee bis Samarkand:
Reisen an das Ende des Regenbogens
Herausgegeben von Michael Allmaier
und Dorothée Stöbener. In Kooperation mit DIE ZEIT

CORSO 18
mit Collagen von Daniel Matzenbacher
ISBN 978-3-86260-034-2
erscheint im August 2011

Burkhard Strassmann auf einer Insel
Christian Schüle auf seidenen Pfaden
Ulrich Stock: Bilder zum Hören
Christof Siemes im Sturm
Katja Lange-Müller und die Schwarze Madonna
Harald Martenstein in Namibia
In Salvador da Bahia: **Tomas Niederberghaus**
Bartholomäus Grill: Ein Traum in Weiß
Eckhard Henscheid erschienen die Schönsten der Schönen

Weitere Fernziele ersehnen sich **Sabine Rückert, Evelyn Finger, Jens Jessen, Matthias Politycki, Norman Ohler und Michael Allmaier.**

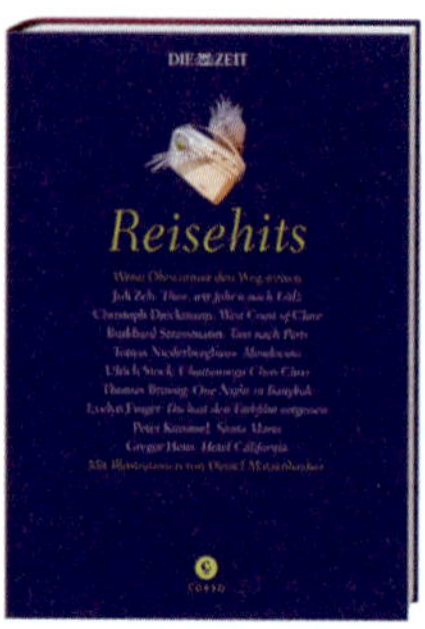

Reisehits
Wenn Ohrwürmer
den Weg weisen
Herausgegeben von
Dorothée Stöbener
ISBN 978-3-86260-008-3

Neun Songs auf großer Fahrt
Juli Zeh: Theo, wir fahr'n nach Łódź
Christoph Dieckmann: West Coast of Clare
Burkhard Strassmann: Taxi nach Paris
Tomas Niederberghaus: Mendocino
Ulrich Stock: Chattanooga Choo Choo
Thomas Brussig: One Night in Bangkok
Evelyn Finger: Du hast den Farbfilm vergessen
Peter Kümmel: Santa Maria
Gregor Hens: Hotel California

DIE ZEIT

Zwischen Start und Ziel

In einem Flugzeug zu sitzen, bedeutet rasenden Stillstand. Reisen heißt heute meist: warten auf das Ankommen. Mit dem Verschwinden des Unterwegsseins, des »Dazwischen«, ist viel Erleben auf der Strecke geblieben. In diesem Buch geht es um die Abenteuer der Passage.

Über Gänge
Nomaden und Pilger, Entdecker und Grenzgänger
Herausgegeben von Dorothée Stöbener
In Kooperation mit DIE ZEIT

CORSO 19
mit Collagen von Daniel Matzenbacher
ISBN 978-3-86260-033-5
erscheint im August 2011

Michael Mönninger: Das Geheimnis der Nr. 9
Max Küng: Auf dem Atlantik
Hans-Volkmar Findeisen: Über die Alpen
Bartholomäus Grill: Durch den Strom
Thomas Kleine-Brockhoff: Mit verteilten Rollen
Burkhard Strassmann: Hinterm Lenkrad
Gregor Hens: Gegen die Zeit
Jörg Burger: Am Grenzübergang
Evelyn Finger: Querfeldein

Außerdem entdecken und grenzgängern:
Ulrich Greiner, Jens Jessen, Christof Siemes, Henning Sußebach, Christian Schüle, Monika Putschögl

Die Reise meines Lebens
Vom Glück des Unterwegsseins
Herausgegeben von Stefanie Flamm und Dorothée Stöbener
ISBN 978-3-86260-009-0

Mit Beiträgen von
Stephan Thome, Peter Stamm, Annette Pehnt, Sibylle Lewitscharoff, Christoph Peters, Julia Schoch, Karl-Heinz Ott, Wilhelm Genazino, Anna Katharina Hahn, Thomas Kapielski
Miniaturen von: **Christoph Dieckmann, Tomas Niederberghaus, Susanne Mayer, Kerstin Kohlenberg, Elisabeth von Thadden, Karin Ceballos Betancur**

Alle Bücher: Hardcover mit Schutzumschlag, Fadenheftung, ca. 128 Seiten, Format 17×24 cm, vierfarbiger Druck. € [D] 19,90 | € [A] 20,60 | sFr. 30.50

»Suche ich ein anderes Wort für Musik, finde ich immer nur das Wort Venedig.«

FRIEDRICH NIETZSCHE

Unzählige Hommagen feiern die Schönheit Venedigs, dieser einmaligen Stadt im Meer, feiern sie als Wunder der Architektur und der Malerei, beschreiben Venedig als Sehnsuchtsort.

Was aber ist mit Venedig als Stadt der Musik?

Hier ein Häppchen bei Harold Brodkey, dort eines bei Hesse, bei Koeppen, Lord Byron und Goethe, bei Joseph Brodsky, Donna Leon und vielen anderen – dabei *ist* diese Stadt Musik: Vivaldi hat hier gearbeitet, Monteverdi eine der ersten Opern überhaupt aufgeführt, Wagner den Tristan geschrieben, Verdi die Traviata uraufgeführt, Nono wurde hier geboren, Strawinsky hier begraben, hier steht eines der schönsten Opernhäuser der Welt – und den ganzen Tag erklingt der Ruf »Gondola! Gondola!«: auch schon, fast, Musik.

Elke Heidenreich hat es endlich für uns geschrieben, begleitet von Tom Krausz und seiner Kamera: Das Buch über Venedig als Stadt der Musik – in Worten, Bildern und Zitaten spürt sie den Klängen nach, die man hier, ohne Pferdekutschen und Autos, besser hört als irgendwo sonst – seit Jahrhunderten schon und immer noch.

- **»Ich glaube an die heilende Kraft von Literatur und Musik«: Elke Heidenreich in Venedig auf den Spuren ihrer Erfahrungen.**
- **Einfühlsam, persönlich, informativ geschrieben, reich bebildert mit Fotografien von Tom Krausz.**
- **Das Buch für alle, die Venedig lieben (und wer täte *das* nicht?) *und* sich für Musik interessieren *und* wissen wollen, wie eine ganze Stadt als Klangkörper tönt.**

ELKE HEIDENREICH
Die schöne Stille
Venedig, Stadt der Musik

CORSO 20
Hardcover mit Schutzumschlag, Fadenheftung, ca. 128 Seiten, mit zahlreichen Fotografien von Tom Krausz.
Format 17 × 24 cm, vierfarbiger Druck.
€ [D] 19,90 | € [A] 20,60 | sFr. 30.50
ISBN 978-3-86260-030-4
erscheint im Oktober 2011

ANTONIO
DETTO "IL PRETE ROSSO"
MUSICISTA SOMMO NATO IN PARROCCHIA
IL 4 MARZO 1678,
VENNE BATTEZZATO IN QUESTA CHIESA
Elke Heidenreich
Die schöne Stille
Venedig,
Stadt der Musik
Mit Fotografien von
Tom Krausz
CORSO

CORSO*folio*? CORSO*folio*.

CORSO*folio* steht für Literatur und erzählenden Journalismus: Kurzgeschichten, Gedichte und Romanauszüge – Interviews, Stories, Glossen, Reportagen –, in jedem Beitrag zeigt sich jene Haltung, die Reisen literarisch begreift: sinnlich, weltanschaulich, subjektiv.

Deshalb hat jede CORSO*folio*-Ausgabe eine/n Gastgeber/in, der/die mit einem großen Beitrag die jeweilige Ausgabe eröffnet.

CORSO*folio* ist ein von uns entwickeltes Format, in welchem sich Buch und Magazin in ungewöhnlicher Weise miteinander verbinden: CORSO*folio* ist Buch in der Ausstattung, Magazin in Geist und Gestaltung. CORSO*folio* steht für edle Magazingestaltung im Großformat von 22 × 30 cm – Fotoreportagen und Fotostrecken spielen hier eine besondere Rolle.

SÜDDEUTSCHE ZEITUNG

»Halb Buch, halb Magazin: Ein rundes Ganzes über Rom.«

»Man schlägt auf, blättert durch – und empfindet helle Freude … Wer glaubt, dass man über Rom nicht mehr schreiben kann, sollte einfach anfangen zu lesen.« DER TAGESSPIEGEL

Gastgeber: MARTIN MOSEBACH

Mit Beiträgen *u. a.* von Karl Galinsky, Lydia Gless, Ursula Keller, Navid Kermani, Pier Paolo Pasolini, Johannes Saltzwedel, Birgit Schönau, Feridun Zaimoglu und dem *Bilderbogen* von Herbert List

CORSO*folio* Rom Format 22 × 30 cm, Fadenheftung, Hardcover € [D] 24,95 | [A] 25,70 | sFr. 37.90 ISBN 978-3-86260-005-2

»Es gibt Magazine, die einen so begeistern, dass man sie nicht wegwerfen möchte, selbst wenn man sie längst durchgelesen hat. Vielleicht kann man sie ja irgendwann noch einmal zur Hand nehmen, sie durchblättern, etwas nachlesen, so die Überlegung. Wem das bekannt vorkommt, der wird CORSO*folio* mögen: innen Magazin und außen Buch. Wie gut das funktioniert, wird bei dem soeben erschienenen Band ›Paris – Liebe, Moden, Tête-à-Têtes‹ deutlich.«
FRANKFURTER RUNDSCHAU

Gastgeber: GEORG STEFAN TROLLER
Mit Beiträgen *u. a.* von Andreas Altmann, Louis Begley, Ullrich Fichtner, Danny Leder, Claus Lutterbeck, Karen Michels, Bart Moeyaert, Paul Nizon, Alexander Perrey, Peter Stamm, Michael M. Thoss, Anne Weber und dem *Bilderbogen* von Fritz Henle

CORSO*folio* Paris Format 22×30 cm, Fadenheftung, Hardcover € [D] 24,95 | [A] 25,70 | sFr. 37.90 ISBN 978-3-86260-016-8

»Ein gelungener Cross-over! Bereits der dritte in der CORSO*folio*-Reihe. Nach Rom und Paris nun London. Matthias Politycki lädt ein, mit offenen Sinnen durch die ›einzige Welt-Stadt Europas‹ zu gehen. ›London, Signale aus der Weltmaschine‹ vereint opulente Fotokunst, modernes Layout, anspruchsvolle Literatur und lebensnahe Reportagen. Ein exzellent gemischtes Schlaglicht auf die Metropole an der Themse.«
ABENTEUER UND REISEN

Gastgeber: MATTHIAS POLITYCKI
Mit Beiträgen *u. a.* von Alain de Botton, Christoph Dallach, Eike Schönfeld, Margit Dirscherl, Rüdiger Görner, Stefan Tobler, Jan Böttcher, Stefanie Schütte, Martin R. Dean, Hans Hillmann und dem *Bilderbogen* von Wolf Suschitzky

CORSO*folio* London Format 22×30 cm, Fadenheftung, Hardcover € [D] 24,95 | [A] 25,70 | sFr. 37.90 ISBN 978-3-86260-015-1

Die Gastgeber eröffnen die Ausgabe …

… der Bilderbogen ist immer einem Fotografen aus vergangenen Zeiten gewidmet …

… wir vergessen sie nicht, die Poesie: »das Gedicht« …

… wir werfen »historische Schlaglichter«: (kultur-)geschichtliche Themen finden Sie ebenso wie …

»DAS GANZE ALTERTUM IN EINS«

JOHANNES SALTZWEDEL

über Wilhelm von Humboldt in Rom

»Er musste sich lösen um hunderttausend Mark.«

Was hat die Wiener Ringstraße mit Richard Löwenherz zu tun? Ohne Löwenherz keine Ringstraße, erzählt

AXEL VON ERNST

BLÜTEN STATT JUWELEN

KAREN MICHELS

über Marie Antoinette und die Kornblumen der Freiheit

Die doppelte Stadt

Wie Michel de Montaigne Paris erfand

NILS MINKMAR

… die Originalerzählungen von namhaften Autoren …

Fremde Katze

Eine Erzählung

FERIDUN ZAIMOGLU

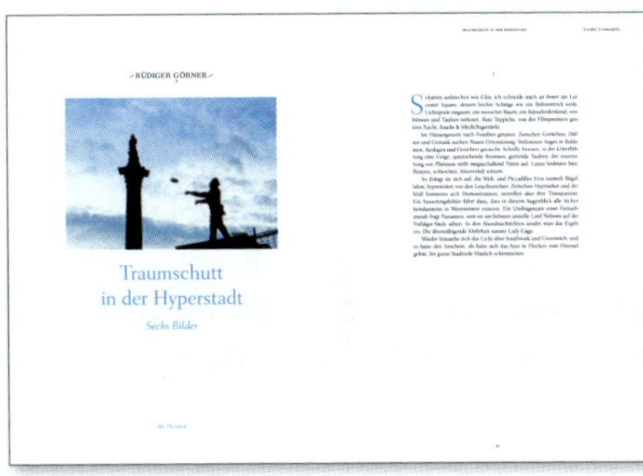
RÜDIGER GÖRNER

Traumschutt in der Hyperstadt

Sechs Bilder

… Reportagen …

Die Partisanen von Rom

… und Essays. Und anderes.

HURENSÖHNE UND ANDERES GESINDEL

Fouler Fußball, foules Frankreich? Das Wesen der Nation zwischen Ecke und Abseits – eine (nicht nur sportliche) Betrachtung der Ära Sarkozy

VON ULLRICH FICHTNER

Wien,
Küss die Hand, Moderne.

Wien: »Gebildet, charmant und gut gewachsen, aber oft genug auch traurig, aggressiv und böse«, ein »Raumschiff konservierter Geschichte« oder doch eher »ein *melting pot* amerikanischen Ausmaßes« und eher keine »helle, luftige Ausstrahlung, all den Kronleuchtern zum Trotz«? In ihrem Auftakt gibt Gastgeberin Eva Menasse Ton und Themen von CORSO*folio* Wien vor: Da hier keine Zuckerbäckerziele verfolgt und Klischees, wenn sie auftauchen (was sie natürlich tun), auch von hinter dem Spiegel aus betrachtet werden, ist diese Ausgabe für Österreicher, Piefkes und alle anderen des Deutschen mächtigen Leser gleichermaßen attraktiv – und für Wiener sowieso.

Mit (Original-)Beiträgen von **Thomas Kapielski, Elfriede Jelinek, Alfred Dorfer, Michael Stavarič, Thomas Glavinic, Georg Stefan Troller, Verena Mayer, Sibylle Hamann, Hans Menasse, Axel von Ernst, Ulrich Ladurner, Bernd Püribauer, Dirk Stermann** und dem *Bilderbogen* von **Nikolaus Walter**.

Das Journal mit Texten *u.a.* von Heimito von Doderer, Gabriel García Márquez, Helmut Qualtinger, Anton Tschechow, Joseph Roth *etc.*

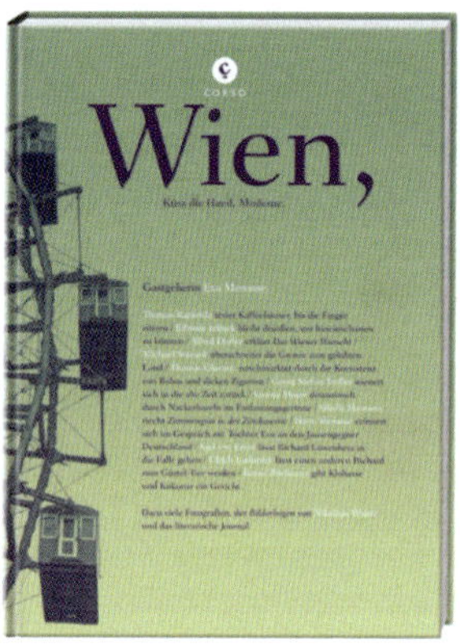

CORSO*folio* 4: **Wien, Küss die Hand, Moderne**
Gastgeberin: EVA MENASSE

160 Seiten, durchgängig 4-farbig und Duotone auf zwei Papieren.
Format 22×30 cm, Fadenheftung, Hardcover.
€ [D] 24,95 | € [A] 25,70 | sFr. 37.90
ISBN 978-3-86260-018-2
erschienen

Barcelona,
Avantgarde im Norden des Südens

Tiki-taka-Fußball gäbe es ohne Barcelona nicht. In Sachen Architektur-, Kunst- und Modeinnovationen ist Barcelona heute noch genauso einflussreich wie vor hundert Jahren. Skandalöse Operninszenierungen, die die Kulturwelt derzeit in Aufregung versetzen, kommen ebenfalls aus der Hauptstadt Kataloniens. Und Barcelona ist eine der wenigen europäischen Städte, die man wegen ihres Nachtlebens besucht.

Barcelona zeichnet sich aus durch eine enorme Kreativität und ist zugleich zutiefst katalanisch, geprägt von identitätssuchender Abgrenzung dem »Mutterland« gegenüber. CORSO*folio* blickt in diese Zerrissenheit, hört in die eigenwilligen Klänge der Stadt und zeigt sie als Ort der Nostalgie und der Avantgarde.

Mit (Original-)Beiträgen von **Rafael Chirbes, Javier Tomeo, Henrietta Thompson, Alicia Giménez-Bartlett, Michael Ebmeyer, Rafael Argullol, Oscar Tusquets, Markus Jakob, Emili Boix, Vanessa González, Marina Martínez Oriol, Gontran Patrick Dutoya, Ona Harster Prats, Tobias Thomas, Ramon Besa** und dem *Bilderbogen* von **Joan Colom.**

Das Journal mit Texten *u. a.* von Eduardo Mendoza, Cees Nooteboom, Sergi Pàmies, Miguel de Cervantes, Jordi Nadal Hernández, George Orwell, Hans Magnus Enzensberger, Richard Ford, *etc.*

CORSO*folio* 5: **Barcelona, Avantgarde im Norden des Südens**
Gastgeber: HEINRICH VON BERENBERG

160 Seiten, durchgängig 4-farbig und Duotone auf zwei Papieren.
Format 22 × 30 cm, Fadenheftung, Hardcover.
€ [D] 24,95 | € [A] 25,70 | sFr. 37.90
ISBN 978-3-86260-019-9
erscheint im August 2011

Kopenhagen, Kleinstadt, Metropole, Königshaus und Meerjungfrau

Kopenhagen ist irgendwie eine vollkommen andere Welt, Meerjungfrau und Tuborg-Bier und die königliche Familie mit ihren Schlössern und Sommerresidenzen, Gründerzeit und Bauhaus und die besten Kneipen im alten Europa, Kopenhagen ist würdevoll und pathetisch.« CLEMENS MEYER

Was ist so anders an dieser kleinen Hauptstadt, was würdevoll und pathetisch? Warum soll man da hinfahren? Was haben Tivoli und Tuborg, Hans Christian Andersen und Søren Kierkegaard, hot-dog und *friske fisk,* Tania Blixen und Gruppensex unter roten Fahnen miteinander zu tun?

Mit (Original-)Beiträgen *u.a.* von **Jan Christophersen, Erling Jepsen, Elmar Jung, Ulrich Sonnenschein, Elsemarie Maletzke, John Tchicai, Tove Ditlevsen, Helga Othenin-Girard, Rainer Moritz, Friederike Haedecke, Matthias Hannemann, Joakim Garff, Karin Ceballas Betancour, Anouk Jans, Clemens Meyer** und dem *Bilderbogen* von **Helmer Lund-Hansen.**

Das Journal mit Texten *u.a.* von Richard Adams, Per Olov Enquist, Hans Henny Jahnn, Paul Verne, Mozart, Pierre Loti, Danny Kaye, Henrik Pontoppidan, Julien Green, Jens Peter Jacobsen, Kurt Tucholsky *etc.*

CORSO*folio* 6: **Kopenhagen, Kleinstadt, Metropole, Königshaus und Meerjungfrau**
Gastgeber: ULRICH SONNENBERG

160 Seiten, durchgängig 4-farbig und Duotone auf zwei Papieren.
Format 22×30 cm, Fadenheftung, Hardcover.
€ [D] 24,95 | € [A] 25,70 | sFr. 37.90
ISBN 978-3-86260-020-5
erscheint im September 2011

Istanbul, »sterbende Schöne« zwischen Orient und Okzident?

Für mich ist Istanbul wie eine Schatulle – jede kleine Kiste steckt voller Juwelen, kostbarer Steine, und diese erschaffen die Stadt. Die verborgenen Schätze gibt es immer noch. Aber eines Tages wird es mit ihnen vorbei sein«, so Ara Güler wehmütig in seinem Interview mit CORSO*folio*.

Doch bevor es vorbei ist, reisen wir mit Wilhelm Genazino in diese Stadt, die drei Weltreichen als Hauptstadt diente, und seit tausenden von Jahren Kulturraum dreier Weltreligionen ist, eine »Schöne«, die schon immer Einwandererstadt war.

Wir begeben uns auf die Spuren der Menschen, die sich hier niedergelassen haben, deren Geschichte und Geschichten heute die Stadt, ihre Musik und Literatur, ihre Kunst, ihre Widersprüche, ihren Reiz, ihre kulturelle und wirtschaftliche Dynamik bestimmen.

Mit (Original-)Beiträgen *u. a.* von **Tilman Spreckelsen, Karl-Markus Gauß, Esmahan Aykol, Özlem Topçu, Pinar Selek, Bedri Baykam, Janet Riedel, Cornelia Tomerius, Ulli Kulke, Mario Rispo, Daniel Steinvorth, Jesco Denzel, Perihan Magden, Joachim Sartorius** und dem *Bilderbogen* von **Ara Güler**

CORSO*folio* 7: **Istanbul, »sterbende Schöne« zwischen Orient und Okzident?**
Gastgeber: WILHELM GENAZINO

160 Seiten, durchgängig 4-farbig und Duotone auf zwei Papieren.
Format 22×30 cm, Fadenheftung, Hardcover.
€ [D] 24,95 | € [A] 25,70 | sFr. 37.90
ISBN 978-3-86260-021-2
erscheint im Oktober 2011

CORSO*folio* 1

Rom, ewige Stadt, Sehnsucht im Klischee?

Gastgeber: Martin Mosebach

160 Seiten, durchgängig 4-farbig und Duotone auf zwei Papieren.

Format 22×30 cm, Fadenheftung, Hardcover

€ [D] 24,95 | € [A] 25,70 | sFr. 37.90

ISBN 978-3-86260-005-2

»Die Kreuzung aus Literatur und Journalismus spiegelt sich auch in der prächtigen Bebilderung wieder …«; »… ein buntdurchwirbeltes, verführerisches Buch …« FRANKFURTER ALLGEMEINE ZEITUNG

CORSO*folio* 2

Paris, Liebe, Moden, Tête-à-Têtes

Gastgeber: Georg Stefan Troller

176 Seiten, durchgängig 4-farbig und Duotone auf zwei Papieren.

Format 22×30 cm, Fadenheftung, Hardcover

€ [D] 24,95 | € [A] 25,70 | sFr. 37.90

ISBN 978-3-86260-016-8

»Neuer Bildband mit ungewöhnlichen Fotos und aktuellen Texten.« BRIGITTE WOMAN

CORSO*folio* 3

London, Signale aus der Weltmaschine

Gastgeber: Matthias Politycki

160 Seiten, durchgängig 4-farbig und Duotone auf zwei Papieren.

Format 22×30 cm, Fadenheftung, Hardcover

€ [D] 24,95 | € [A] 25,70 | sFr. 37.90

ISBN 978-3-86260-015-1

»Im Band ›London, Signale aus der Weltmaschine‹ stellt Politycki als ›Gastgeber‹ Beiträge solch ausgewiesener London-Kenner wie Alain de Botton, Eike Schönfeld oder Christoph Dallach zusammen, die von der Monumental-Architektur, von der Caff-Kultur, vom Musik-Leben der Stadt erzählen.« JOBST-ULRICH BRAND, FOCUS

WALTER BENJAMIN

Passagen, Kristalle
Die Axt der Vernunft und des Satans liebster Trick.

Ausgewählt von Joachim Otte
160 Seiten mit vielen Abbildungen, Hardcover mit Schutzumschlag, Fadenheftung,
Format 17×24 cm, vierfarbiger Druck
€ [D] 24,90 | € [A] 25,70 | sFr. 37,90
ISBN 978-3-86260-011-3

Philosophie als Literatur: Benjamin entdecken – großzügige Gestaltung und subjektive Auswahl sorgen für ein Lese-Buch im besten Sinne.

LEONHARD FUEST

Die schwarzen Fahnen von Paris.
Die »Stadt der Liebe« im Licht der Melancholie

112 Seiten mit vielen Fotografien, Hardcover mit Schutzumschlag, Fadenheftung,
Format 17×24, Druck in Duotone
€ [D] 19,90 | € [A] 20,60 | sFr. 30,50
ISBN 978-3-86260-003-8

»Die Stadt als Text zu lesen, die Straßen voller Zeichen: dass der Flaneur zu einer aussterbenden Gattung gehört, mag man nicht glauben. Zumal man von Leonhard Fuest mit seinem melancholisch flanierenden Buch, diesen ›Schwarzen Fahnen von Paris‹ trefflich an die Hand genommen wird – und einmal mehr darauf gestoßen wird, dass es an einem selbst liegt, diese hohe Kunst zu beleben.« MDR FIGARO

»Der Buchliebhaber freut sich über schöne Sprache und grafische Gestaltung, liebevoll ausgesuchte schwarz-weiß Fotos und ein ausführliches Literaturverzeichnis.«
DIE ZEIT

HORST GÜNTHER

Hinaus ins Freie.
Von der Lust, mit Büchern zu reisen

96 Seiten mit zahlreichen Abbildungen,
Hardcover mit Schutzumschlag, Fadenheftung,
Format 17×24 cm, 4-farbiger Druck
€ [D] 18,90 | € [A] 19,50 | sFr. 28,90
ISBN 978-3-86260-0007

»Er entführt, begleitet von Bildern und Zitaten, er fabuliert von der Reiselust mit Büchern, er berichtet von der Gelassenheit, von der letzten Reise, er ist unterwegs zu sich und zu feinsten ›Leckereien‹. Kurz – die Ferne, sinnlich anders betrachtet, im wörtlichen Sinn: bewegend.« ABENTEUER UND REISEN

»Horst Günther liefert wunderbare Beiträge über das Reisen und die gefühlte Freiheit, die es uns verschaffen kann.« BARBARA MEIXNER, BUCHMARKT

CHRISTA HASSELHORST

Eden auf Erden:
Die Liebe zwischen Mensch und Garten

144 Seiten mit zahlreichen Abbildungen,
Hardcover mit Schutzumschlag, Fadenheftung, Format
17×24 cm, 4-farbiger Druck
€ [D] 24,90 | € [A] 25,70 | sFr. 37,90
ISBN 978-3-86260-014-4

»Eine grüne internationale Tour durch die Gartengeschichte – sehr unterhaltsam und intelligent geschrieben, aufschlußreiche, empfehlenswerte Lektüre!«
GARTEN-LITERATUR.DE

ABY WARBURG

Mit Bing in Rom, Neapel, Capri und Italien
Karen Michels auf den Spuren einer ungewöhnlichen Reise

112 Seiten mit vielen Fotografien, Hardcover mit Schutzumschlag, Fadenheftung,
Format 17×24 cm, Druck in Duotone
€ [D] 26,90 | € [A] 27,80 | sFr. 39,90
ISBN 978-3-86260-002-1

»Ein lehrreiches, vergnügliches, mit vielen Abbildungen ausgestattetes Buch über Italien und seine Kunst.«
RBB KULTURRADIO

»So finden in dem schön gestalteten Buch neben Erklärungen zu heidnischen Mysterienkulten und Grisaille-Putti auch ganz selbstverständlich Erzählungen von übermäßigem Alkoholgenuss, Zahnweh und Taschendieben ihren Platz.«
DIE ZEIT

KAREN MICHELS

Martin Luther – die Lektionen der Straße
Wie die Welt das Denken des Reformators veränderte

Hardcover mit Schutzumschlag, Fadenheftung
96 Seiten mit vielen Fotografien
Format 17×24 cm, vierfarbiger Druck
€ [D] 19,90 | € [A] 20,60 | sFr. 30,50
ISBN 978-3-86260-004-5

»Das Buch ist mit Illustrationen der Lutherzeit ausnehmend schön gestaltet.« WESTFÄLISCHER ANZEIGER

»Kenntnis, Klugheit und Sinnenhaftigkeit mischen sich in dem schönen Band«
SCHLESWIG-HOLSTEINISCHER ZEITUNGSVERLAG

MAIKEN NIELSEN

Trampen. Durch die Welt mit Neugier und Glück

Hardcover mit Schutzumschlag, Fadenheftung,
ca. 112 Seiten mit zahlreichen Abbildungen.
Format 17×24 cm, vierfarbiger Druck.
€ [D] 19,90 | € [A] 20,60 | sFr. 30,50
ISBN 978-3-86260-010-6

»Schöne Bilder ergänzen diese Hommage an ein Reisen ohne Vorbuchung und Rücktrittskostenversicherung.«
WESTDEUTSCHE ALLGEMEINE ZEITUNG

PIER PAOLO PASOLINI

Rom, andere Stadt

Herausgegeben und übersetzt von
Annette Kopetzki und Theresia Prammer.
Nachwort von Dorothea Dieckmann
Hardcover mit Schutzumschlag, Fadenheftung
112 Seiten mit vielen Fotografien von Herbert List
Format 17×24 cm, Druck in Duotone
€ [D] 24,90 | € [A] 25,70 | sFr. 37.90
ISBN 978-3-86260-001-4

»Vor allem der einleuchtend *Rom, andere Stadt* getaufte Sammelband … zeigt, wie sehr Pasolini das Erlebnis Rom als Herausforderung zur künstlerischen Ausgestaltung begriffen hat und wie sehr er unter dem Gefühl litt, an dieser Aufgabe zu scheitern …« TILMAN SPRECKELSEN, FRANKFURTER ALLGEMEINE ZEITUNG

»Von Theresia Prammer und Annette Kopetzki in eine einmal schwebende, einmal zupackende Sprache übersetzt und mit einem klugen Nachwort von Dorothea Dieckmann versehen, bietet die Sammlung einen faszinierenden Querschnitt durch Pasolinis römisches Leben.«
MAIKE ALBATH, NEUE ZÜRCHER ZEITUNG

PIER PAOLO PASOLINI

Reisen in 1001 Nacht

Herausgegeben von Peter Kammerer und übersetzt von Annette Kopetzki und Dorothea Dieckmann.
Mit Fotografien von Roberto Villa und einem Nachwort von Dacia Maraini
Hardcover mit Schutzumschlag, Fadenheftung, 144 Seiten mit zahlreichen Abbildungen.
Format 17×24 cm, Druck in Duotone.
€ [D] 24,90 | € [A] 25,70 | sFr. 37.90
ISBN 978-3-86260-013-7

»Pasolinis Texte und Recherchen eröffnen uns den Blick auf außergewöhnlich begeisterungsfähige Menschen, aber auch auf widersprüchliche Kulturen – eingefangen in den faszinierenden Schwarz-Weiß-Fotos von Roberto Villa.« BUCHJOURNAL

DOROTHÉE STÖBENER (HRSG.)

ZEIT Reisehits. Wenn Ohrwürmer den Weg weisen

Hardcover mit Schutzumschlag, Fadenheftung, 116 Seiten mit Illustrationen von Daniel Matzenbacher
Format 17×24 cm, vierfarbiger Druck.
€ [D] 19,90 | € [A] 20,60 | sFr. 30,50
ISBN 978-3-86260-008-3

DOROTHÉE STÖBENER / STEFANIE FLAMM (HRSG.)

ZEIT Die Reise meines Lebens. Vom Glück des Unterwegsseins

Hardcover mit Schutzumschlag, Fadenheftung, 128 Seiten mit zahlreichen Fotos.
Format 17×24 cm, vierfarbiger Druck.
€ [D] 19,90 | € [A] 20,60 | sFr. 30,50
ISBN 978-3-86260-009-0

»Beide Bücher blättert man mit Genuss durch und bleibt gerne bei einzelnen Beiträgen hängen.« WERNER SCHUSTER, ESELSOHREN.AT

CORSO*folio*, demnächst:

Gastgeberin:
ELKE HEIDENREICH
Erscheint im März 2012

Gastgeberin:
ILMA RAKUSA
Erscheint im April 2012

Gastgeber:
URS WIDMER
Erscheint im Juni 2012

Schenken Sie uns Vertrauen und *sich* (und anderen) ein Abonnement.

CORSO*folio* erscheint sechsmal im Jahr, die Ausgaben des ersten Halbjahres 2012 sehen Sie oben. Wir planen München und Sizilien, Marrakesch und Brooklyn, Jerusalem und, und …

Unterstützen Sie CORSO*folio*, dieses »Archiv für die Sinne« (SILKE BEHL, *Radio Bremen*), bitte mit einem Abonnement, einem Abo für sich und/oder andere, denen Sie gern eine Freude machen.

Das Abonnement können Sie über Ihre Buchhandlung bestellen oder direkt bei uns. Die sechs Ausgaben jährlich kosten nur Euro 149,70.
Wir belästigen Sie auch nicht mit Staubsaugern und Zuzahlungen – sondern schenken Ihnen alljährlich etwas Besonderes: Den corso*Almanach*.
Den gibt es exklusiv, nur für *Sie*, die Abonnenten.
mundo, unser kleineres Magazin, will Sie informieren über Autoren, Themen, Titel. Mit Leseproben aus den Büchern, zahlreichen Bildern und einigem mehr von Diesunddas. Unter www.corso-willkommen.de finden Sie von allem noch etwas mehr, u.a. aktuelle Veranstaltungshinweise.
Wenn Sie *mundo* regelmäßig bekommen möchten, rufen Sie uns doch an (040/226 33 40-0) oder senden Sie uns eine Postkarte (Gaußstraße 124–126, 22765 Hamburg) oder Mail (info@corso-willkommen.de): Wir schicken Ihnen *mundo* dann 2× im Jahr frei Haus zu.

Bestellen Sie bitte jetzt.

Unsere Bücher erhalten Sie natürlich in Ihrer Buchhandlung. Oder Sie bestellen sie direkt bei uns: Füllen Sie bitte diese Seite aus, und senden sie an: CORSO, Gaußstraße 124–126, 22765 Hamburg. Oder schicken Sie uns ein Fax unter +49 (0) 40 226 33 40-65. Bei Fragen helfen wir Ihnen gerne weiter: +49 (0) 40 226 33 40-0.

Hiermit bestelle ich:

EX.		
…………	ISBN 978-3-86260-005-2	CORSO*folio* **Rom**
…………	ISBN 978-3-86260-016-8	CORSO*folio* **Paris**
…………	ISBN 978-3-86260-015-1	CORSO*folio* **London**
…………	ISBN 978-3-86260-018-2	CORSO*folio* **Wien**
…………	ISBN 978-3-86260-019-9	CORSO*folio* **Barcelona**
…………	ISBN 978-3-86260-020-5	CORSO*folio* **Kopenhagen**
…………	ISBN 978-3-86260-021-2	CORSO*folio* **Istanbul**
…………	ISBN 978-3-86260-011-3	Walter Benjamin, **Passagen, Kristalle**
…………	ISBN 978-3-86260-012-0	Katja Büllmann, **Apulien**
…………	ISBN 978-3-86260-027-4	Adriaan van Dis, **Paris, ein ABéCédaire**
…………	ISBN 978-3-86260-003-8	Leonhard Fuest, **Die schwarzen Fahnen von Paris**
…………	ISBN 978-3-86260-000-7	Horst Günther, **Hinaus, ins Freie**
…………	ISBN 978-3-86260-014-4	Christa Hasselhorst, **Eden auf Erden**
…………	ISBN 978-3-86260-030-4	Elke Heidenreich, **Venedig, Stadt der Musik**
…………	ISBN 978-3-86260-028-1	Wend Kässens, **Das Große geschieht so schlicht**
…………	ISBN 978-3-86260-024-3	Erwin Koch, **Was das Leben mit der Liebe macht**
…………	ISBN 978-3-86260-029-8	Klaus Kufeld, **Mir san mir**
…………	ISBN 978-3-86260-002-1	Karen Michels, **Aby Warburg**
…………	ISBN 978-3-86260-004-5	Karen Michels, **Martin Luther**
…………	ISBN 978-3-86260-010-6	Maiken Nielsen, **Trampen**
…………	ISBN 978-3-86260-001-4	Pier Paolo Pasolini, **Rom andere Stadt**
…………	ISBN 978-3-86260-013-7	Pier Paolo Pasolini, **Reisen in 1001 Nacht**
…………	ISBN 978-3-86260-032-8	Pier Paolo Pasolini, **Afrika, letzte Hoffnung**
	ZEIT-Bücher:	
…………	ISBN 978-3-86260-008-3	**Reisehits**
…………	ISBN 978-3-86260-009-0	**Die Reise meines Lebens**
…………	ISBN 978-3-86260-033-5	**Über Gänge**
…………	ISBN 978-3-86260-034-2	**Sehnsuchtsorte**

Sendung und Rechnung gehen bitte an:

Name/Vorname ………………………… …………………………

Straße/Nr. ………………………… …………………………

PLZ/Ort ………………………… …………………………